SUZURAN

DU MÊME AUTEUR

LE POIDS DES SECRETS

Tsubaki, Leméac / Actes Sud, 1999 ; Babel n° 712, 2005 ; Nomades, 2015.

Hamaguri, Leméac / Actes Sud, 2000 ; Babel n° 783, 2007 ; Nomades, 2015.

Tsubame, Leméac / Actes Sud, 2001 ; Babel n° 848, 2007 ; Nomades, 2015.

Wasurenagusa, Leméac / Actes Sud, 2003 ; Babel n° 925, 2008 ; Nomades, 2015.

Hotaru, Leméac / Actes Sud, 2004 ; Babel n° 971, 2009 ; Nomades, 2015.

AU CŒUR DU YAMATO

Mitsuba, Leméac / Actes Sud, 2006 ; Babel n° 1123, 2012 ; Nomades, 2016.

Zakuro, Leméac / Actes Sud, 2008 ; Babel n° 1143, 2013 ; Nomades, 2016.

Tonbo, Leméac / Actes Sud, 2010 ; Babel n° 1286, 2014 ; Nomades, 2016.

Tsukushi, Leméac / Actes Sud, 2012 ; Babel n° 1380, 2016 ; Nomades, 2016.

Yamabuki, Leméac / Actes Sud, 2013 ; Babel n° 1470, 2017 ; Nomades, 2017.

L'OMBRE DU CHARDON

Azami, Leméac / Actes Sud, 2014 ; Babel n° 1551, 2018 ; Nomades, 2018.

Hôzuki, Leméac / Actes Sud, 2015 ; Babel n° 1623, 2019 ; Nomades, 2019.

Suisen, Leméac / Actes Sud, 2016.

Fuki-no-tô, Leméac / Actes Sud, 2017.

Maïmaï, Leméac / Actes Sud, 2018.

AKI SHIMAZAKI

SUZURAN

roman

LEMÉAC / ACTES SUD

Leméac Éditeur remercie le gouvernement du Canada, le Conseil des arts du Canada, la Société de développement des entreprises culturelles du Québec (SODEC) et le Programme de crédit d'impôt pour l'édition de livres du Québec (Gestion SODEC) du soutien accordé à son programme de publication.

Canada

ISBN 978-2-7609-1321-9

pour la France, la Belgique et la Suisse
ISBN 978-2-330-12946-0

Imprimé au Canada

I

La nuit tombe. J'entre dans mon appartement où il n'y a personne.

Il fait froid aujourd'hui pour une fin d'avril. Il est déjà huit heures. J'ai faim. En préparant une salade, je réchauffe le curry, restant d'hier. Installée à la petite table dans la cuisine, je commence mon dîner tardif. Je n'entends que le tic-tac de la pendule. C'est samedi. Mon fils, chez son père depuis hier, reviendra demain soir.

C'était une longue journée épuisante. Le matin, j'ai tourné un grand vase ikebana dans mon atelier de campagne. L'après-midi, revenue chez moi, j'ai écrit des lettres d'invitation pour ma prochaine exposition prévue début juin. Ensuite, je me suis rendue au centre culturel de la ville donner un cours de poterie.

Après mon repas, je me repose dans le salon en écoutant les nouvelles à la télévision. On parle politique locale. Je bâille sans cesse. J'ai des courbatures aux épaules. Je décide de prendre un *ofuro**, plutôt qu'une douche.

---

* Les mots en italique sont regroupés dans un glossaire en fin d'ouvrage.

Plongée dans l'eau chaude, je me détends enfin. La chaleur pénètre petit à petit mon corps raidi. Bien que la journée ait été fatigante, je suis comblée de satisfaction. Je songe au vase que j'ai réussi ce matin. Puisque sa forme m'a évoqué une clochette, je l'ai nommé Suzuran. Cette œuvre sera le cœur de l'exposition.

Les yeux fermés, je m'absorbe dans la méditation. Une scène de mon enfance me revient à l'esprit. Je pédalais dans la campagne pour voir mon grand-père paternel.

Passionné de poterie, il avait son propre four à bois. Dans sa cabane, nous fabriquions ensemble des objets quotidiens tels que des tasses à thé, des bols à riz, des assiettes. Je l'aidais à fendre des bûches et assistais à ses *kamataki*. Il tenait à moi comme à la prunelle de ses yeux et m'encourageait : « Anzu, tu as beaucoup de talent pour cet art. Continue. Tu seras une céramiste renommée. » Il est mort lorsque j'avais quinze ans.

La poterie est indispensable à ma vie. En pétrissant de l'argile avec mes mains puis en façonnant une pièce, j'oublie tout ce qui se passe autour de moi. Et, chaque fois, au moment de sortir mes œuvres du *kama*, je suis à la fois très excitée et soulagée comme après un accouchement. Émue par les motifs créés au hasard par le feu de bois, je mûris déjà un nouveau projet.

« Choisissez un travail que vous aimez et vous n'aurez pas à travailler un seul jour de votre vie », a dit Confucius. Il avait tout à fait raison.

Bien réchauffée et relaxée, j'enfile mon pyjama fraîchement lavé. J'ai soif. Je vais dans la cuisine boire un verre d'eau puis entre dans ma chambre. Il est déjà dix heures passées.

Assise devant la coiffeuse, je mets de la crème sur mes mains puis ma figure. Je m'observe. Mes bras sont devenus fermes à cause de mon métier très physique. On pourrait m'imaginer masseuse. Mon visage sans maquillage donne l'impression d'une étudiante, alors que j'ai trente-cinq ans. Mes yeux, mon nez et ma bouche sont de taille moyenne pour une Japonaise. Je ne suis pas très belle mais pas laide non plus, crois-je.

Tôru avait sept ans lorsque j'ai divorcé. Il en a aujourd'hui dix. J'ai la garde, et il va chez son père un week-end sur deux et lors de mon *kamataki*. Au début, cela l'affectait beaucoup. Je le plaignais et le plains toujours. Heureusement, il s'est accoutumé peu à peu à la nouvelle situation. Il semble s'entendre assez bien avec la copine de son père. Et maintenant il me taquine même : « Maman, tu es encore jeune. Cela ne me dérangerait pas si tu avais un petit ami. »

En fait, des gens autour de moi essaient de m'organiser un *miaï* ou de m'inviter à un *gôkon*, mais j'esquive chaque fois leur gentille tentative en répétant : « Désolée, je suis trop occupée. »

Je me fixe dans le miroir. En peignant mes cheveux très noirs, je me rappelle mes expériences amères : mon premier amour m'a soudain quittée pour une autre fille et mon ex-mari a eu une maîtresse.

Ma main s'arrête un moment. Je me dis : « Que manquait-il en moi ? Ou bien était-ce ma faute si je choisissais des types pareils ? » Avec ironie, je paraphrase le dicton de Confucius : « Choisissez un homme qui n'aime que vous et vous n'aurez pas à vous inquiéter un seul jour de votre vie. »

Ma sœur Kyôko a deux ans de plus que moi. Elle ne s'est jamais mariée et n'a aucune intention de le faire. Intelligente, belle et séduisante, elle ne manque pas de soupirants. C'est elle qui plaque ses hommes. Elle me dit : « Anzu, il y a sûrement quelqu'un de spécial pour toi. Hélas, tu es mariée avec ton art ! » Elle cite un proverbe en anglais avec son excellent accent : « If you run after two hares, you catch neither. » Elle a probablement raison.

Je bâille. Enfin, je me glisse dans le lit froid et me blottis sous la couverture. Je songe de nouveau à mon vase ikebana qui m'a donné une satisfaction optimale aujourd'hui. En somnolant, je murmure :

« Tu m'appelles sans voix
Comme une clochette sans battant
J'entends tout, Suzuran !
Je t'aime depuis toujours
Depuis avant ma naissance. »

Je me réveille vers dix heures. Je me sens très bien, ayant dormi profondément après une semaine chargée. C'est dimanche. Aujourd'hui, je vais déjeuner chez mes parents, ensuite j'irai à la plage me promener. Mon fils rentrera vers huit heures ce soir. Il fait beau, j'en profiterai tout l'après-midi.

Alors que je prends un café dans la cuisine, je reçois un appel de S., une amie de lycée. Mariée, elle a deux enfants. Jusqu'à récemment, elle était institutrice de primaire. Nous habitons le même quartier.

S. me dit :

— Anzu, c'est à propos de la prochaine réunion des anciens élèves de notre école. Tu as bien reçu une carte d'invitation, n'est-ce pas ?

— Oui, en effet. Merci.

Elle poursuit en ajoutant des détails. C'est une activité qu'elle organise avec son mari depuis trois ans. Je l'écoute sans beaucoup d'intérêt. Je n'avais pas d'amis particulièrement proches à cette école et n'ai jamais participé à ces retrouvailles. S. me demande :

— Te souviens-tu d'Akira Z. ?

« Akira ! » Il m'est impossible d'oublier ce nom : mon premier amour qui m'a laissé tomber pour une autre fille. S. ne connaît pas cette histoire. Je n'ai mentionné ce garçon à personne, sauf à ma sœur, qui nous avait ensuite invités à une de ses soirées. Je réponds d'un ton ironique :

— Bien sûr ! Il était beau et brillant, chouchou des profs.

Elle rit. À notre lycée, pour chaque niveau il y avait quatre classes : une pour sciences et mathématiques, et trois pour études générales. Le mari de S. était dans la première, et Akira, S. et moi étions en générales mais dans des classes différentes.

— Je te parle de lui, dit-elle, car je l'ai croisé dans la rue l'autre jour. Il passait par ici voir ses parents.

— Que fait-il maintenant ?

— Il est avocat et a un bureau à Tottori.

Je me rappelle qu'il était entré à l'université d'O. dans la préfecture voisine, reconnue pour sa faculté de droit.

— Comment était-il ?

— Il n'a pas beaucoup changé, répond mon amie. Seulement, il était un peu déprimé.

— Déprimé ?

— Il a récemment divorcé.

— C'est dommage. A-t-il des enfants ?

— Oui, une fille de sept ans. Comme toi, il n'était pas enthousiaste à l'idée de venir à la réunion. Mais, lorsqu'il a appris que le quart de nos camarades étaient divorcés, il a changé d'avis en riant : « C'est encourageant ! » Il était étonné que ce soit aussi ton cas.

Je la taquine :

— Tu organises un *gôkon* pour tous ces ratés ?

— Pourquoi pas ? Ce serait aussi une bonne occasion de trouver un futur mari.

Je revois Akira, un garçon à la charpente solide. Il jouait au rugby avec passion. Un sentiment amer me revient. S. reprend :

— À l'époque, j'imaginais que toi et Akira formeriez un couple idéal.

— Pardon ?

— D'après mon mari, Akira s'intéressait à des filles créatives et indépendantes. Comme toi.

— Mais pas n'importe lesquelles. Il serait vexé d'entendre ta remarque.

— Anzu, tu as un ton sarcastique aujourd'hui.

Je ne réagis pas. Elle continue :

— Il y aura pas mal de participants cette année. Je serais contente que tu te joignes à nous. L'ambiance est très sympathique.

— J'y réfléchirai.

Elle conclut notre conversation :

— N'oublie pas que la réunion a lieu le dernier dimanche de mai. Donne-moi ta réponse le plus tôt possible.

Elle raccroche enfin. Mon café est déjà tiède. Je le réchauffe dans le micro-ondes puis l'apporte sur le balcon.

Installée sur une chaise en plastique, je contemple le ciel sans nuages. Le soleil printanier m'enveloppe doucement. Les yeux fermés, je revois le visage d'Akira. Je me dis : « Il est divorcé… » Je me demande si son ex-femme est la fille pour laquelle il m'avait quittée. Probablement pas. Nous n'étions que lycéens. Je me remémore le moment où ce garçon avait saisi mon cœur.

À notre lycée, en automne, se tenait la fête de la culture japonaise. Les élèves présentaient leurs propres œuvres à l'école : haïku, *tanka*, *shodô*, ikebana, origami, bonsaï, etc. Toutes étaient exposées pendant une semaine dans l'amphithéâtre. Le dernier jour, les profs de beaux-arts et de *kokugo* annonçaient les lauréats.

J'étais en troisième année. J'avais fabriqué un vase en céramique. C'était un *yakijimé*. Avec ses couleurs sombres, mon œuvre n'avait pas capté l'attention des élèves, mais elle avait été fortement appréciée par les profs.

Un jour, pendant l'exposition, j'ai aperçu Akira qui l'observait attentivement. Je l'ai entendu dire à ses amis, comme un vieux sage : « Ce vase connaît bien son rôle. Ses couleurs sobres rehausseront n'importe quelle fleur. Sa forme est simple mais solide, originale et très élégante. »

Une brise fraîche effleure ma peau. Je lève les yeux vers le ciel bleu. Akira se souvient-il de mon vase ? J'ai finalement gagné le prix d'excellence, mais c'était son commentaire qui m'avait le plus touchée. Chaque fois que je me le rappelle, j'oublie le sentiment amer de mon échec amoureux.

Je retourne dans la cuisine avec ma tasse vide. En la lavant, je pense : « Je pourrais peut-être participer à la réunion. »

Je marche sur le sentier menant à la maison de mes parents. Le chemin n'est pas asphalté, et de chaque côté poussent librement des fleurs et des herbes sauvages. Rien n'a changé depuis mon enfance.

Je me retourne. On peut voir le mont Daisen dont le sommet est encore couvert de neige, comme celui du mont Fuji. Au loin miroite la mer du Japon. Quel paysage magnifique ! Je suis très attachée à Yonago, ma ville natale.

Mes parents se préparent à emménager dans une résidence de retraite. Ils n'ont que soixante-dix ans. C'est à cause de ma mère qui oublie beaucoup de choses, même d'éteindre le feu de la cuisinière. Mon père doit la surveiller sans cesse. Ils comptent louer leur maison.

Mes parents souhaitent que l'un des trois enfants prenne leur maison un jour. Mais en réalité Kyôko n'a aucune intention de revenir à Yonago et notre frère cadet, Nobuki, en a déjà une. Quant à moi, je pourrais l'habiter avec mon fils. Malheureusement, cet endroit est un peu loin de l'école de Tôru. J'attendrai donc deux ans, jusqu'à ce qu'il finisse le primaire.

Mon pas s'arrête au moment où j'aperçois un *suzuran* dans les herbes. En observant de près ses petites fleurs blanches, je songe au vase ikebana que j'ai nommé Suzuran. Au début, je n'étais pas sûre de son écriture : 鈴蘭, スズラン ou すずらん. Ce mot signifie « orchidée de clochettes » en *kanji*. Cela a en effet du sens. Néanmoins, j'ai finalement choisi le *katakana*, simple et vigoureux, parfait pour cette plante qui se multiple à une vitesse surprenante.

J'arrive chez mes parents. Ma mère m'ouvre la porte :

— Anzu, entre !

Ça sent bon. L'odeur du poisson grillé. Je vais dans le salon où il y a des boîtes de carton ici et là. Elle me dit que le sac en plastique posé sur la table est à moi. Je regarde le contenu : quelques vieux cahiers et mon album de lycée. Elle m'annonce :

— Ta sœur sera ici pendant le *golden-week*.

— Ah bon ?

Kyôko habite Tokyo et travaille dans une succursale d'une entreprise américaine d'import-export. Elle est la secrétaire du directeur, et naturellement elle comprend bien l'anglais. Brillante en plus d'être très belle, elle a aussi du succès dans son métier. En général, elle revient à Yonago deux fois par année : en janvier et en août.

Je demande à ma mère :

— Y a-t-il quelque chose de spécial ?

— Quelle question ! Toute sa famille est ici. Il faut qu'elle vienne plus souvent. D'ailleurs, cette année elle n'a pas fêté le nouvel an avec nous.

Je réplique :

— Mais non, maman. Kyôko était ici en janvier. Elle nous a apporté des souvenirs de New York.

— Ah, c'est vrai…

Ma mère est embarrassée. Je la console en disant qu'au moins elle s'est rappelé ce qu'elle avait oublié. Reprenant courage, elle ajoute :

— Ta sœur nous présentera son petit ami.

Je suis étonnée :

— Vraiment ?!

Maman hoche la tête, l'air très content. Puis elle déclare :

— Ils vont se marier !

« Quoi ? » Une autre nouvelle inattendue. Je lui dis :

— Je pensais que Kyôko voulait rester célibataire.

— Elle a presque trente-sept ans. J'imagine qu'elle veut enfin avoir des enfants.

— Quel âge a son amoureux ?

— Le même âge qu'elle. Il n'a jamais été marié non plus.

— Que fait-il ?

— C'est un chercheur en chimie.

— Ma sœur avec un chimiste ? Comment l'a-t-elle rencontré ?

— Je ne sais pas. Elle nous racontera.

— Est-il originaire de Tokyo ?

— Non, il est né au Tôhoku. Ses parents sont déjà morts.

Papa nous rejoint. Il me pose des questions sur mon fils. Je l'informe qu'il a de bonnes notes en sciences et mathématiques et qu'il vient de commencer le karaté.

— Sciences et mathématiques ? C'est surprenant. Tu étais faible en ces matières.

— J'étais faible en tout, sauf en arts et sports.

Il rit. Il veut savoir si mes affaires vont bien. Je lui réponds :

— Hier, j'ai terminé ma dernière pièce pour ma prochaine exposition. Je ferai un *kamataki* la semaine prochaine.

— Nous allons t'aider, comme d'habitude.

Je lui parle d'un voyage à l'étranger que j'envisage pour cet automne : visiter Beroun en République tchèque pour voir les marchés de potiers. Il me regarde, curieux :

— Tu iras toute seule ?

— Oui. À moins qu'un bel homme surgisse soudainement avant mon départ.

— Sinon, tu rencontreras là-bas un beau Tchèque charmant.

Je le taquine :

— J'espère !

Maman nous interrompt :

— Anzu, j'oubliais de te demander un service.

— Quel service ?

— C'est à propos de Kyôko et de son fiancé. Notre maison est en désordre à cause du déménagement prochain et il n'y a plus de futons pour invités. Est-ce qu'ils pourraient dormir chez toi ? Ce ne sera que pour deux ou trois nuits.

Mon appartement est petit. Je lui propose :

— Pourquoi pas chez mon frère ?

— Kyôko se sentira plus à l'aise chez toi que chez Nobuki. Leur séjour serait lourd pour notre bru, prise par ses deux petites filles.

Mon père renchérit :

— Tôru sera enchanté de parler avec ce chimiste, son futur oncle.

Après le déjeuner avec mes parents, je me rends en voiture à la plage de Yumigahama. Je m'y promène chaque fois que je viens chez eux. Comme leur nouvelle résidence est située loin de la mer, je ne reviendrai plus ici aussi régulièrement qu'avant. Enfin, jusqu'à ce que mon fils et moi emménagions dans la maison de mes parents.

Je gare ma voiture dans un stationnement public et me dirige vers la plage.

Le temps est toujours ensoleillé. D'ici aussi, on voit clairement le mont Daisen. L'eau est transparente. Les pieds nus, je me mets à flâner sur le sable blanc. Aujourd'hui, cet endroit est presque désert, je croise seulement un groupe de femmes âgées.

Ici, je me baignais avec ma sœur et mon frère lorsque nous étions petits. Plus tard, j'allais plutôt à la rivière de la campagne où mon grand-père vivait. Mais après sa mort je revenais à cette plage, seule ou avec mes amies de collège puis de lycée. C'est ici que j'ai eu mes rendez-vous avec Akira, mon premier amour.

Je songe à Kyôko.

Ma sœur et moi fréquentions la même école primaire puis le même secondaire. J'étais une élève moyenne, alors qu'elle avait tout le temps d'excellentes notes. Sa conduite était exemplaire. Naturellement, elle était la chouchoute des enseignants. Mes camarades se moquaient de moi : « Vous êtes vraiment sœurs ? » Néanmoins, loin d'être jalouse, j'étais très fière d'elle et la suivais partout. Elle m'aidait dans mes devoirs. Bien qu'elle n'eût pas beaucoup de patience avec moi, elle m'expliquait très clairement et je comprenais mieux qu'en classe. Ma mère me répétait : « Prends exemple sur Kyôko, tout ira bien pour toi. »

Ma sœur est partie pour Tokyo dès la fin de ses études universitaires. Depuis, nous ne communiquons plus beaucoup. Lorsqu'elle revient à Yonago, nos parents nous appellent, mon frère et moi, et nous dînons ensemble chez eux. Mais il est rare que Kyôko et moi nous rencontrions seules.

À chaque retour, elle nous apporte des souvenirs de l'étranger et raconte fièrement ses voyages d'affaires : New York, Los Angeles, Paris, Londres, Moscou. Elle parle aussi de ses activités culturelles : théâtres japonais et occidentaux, concerts de musique classique, musées des beaux-arts. Profitant de la liberté qu'offre le célibat à Tokyo, elle n'a aucune nostalgie pour sa ville natale.

Et voici une nouvelle étonnante : Kyôko va nous présenter son amoureux. Ce sera la première fois. Elle l'épousera, selon ma mère. Si c'est vraiment le cas, ce futur mari doit être un homme très spécial. Mes parents ont hâte de le rencontrer. Moi, par contre, j'ai un doute peu gentil envers ma grande sœur : « Se satisfera-t-elle d'un seul homme ? »

Kyôko a eu beaucoup d'aventures, l'une après l'autre. Cela a commencé quand elle était étudiante universitaire, alors qu'elle habitait seule un appartement. J'ignore avec combien d'hommes elle a couché, mais je me demande si elle pourra arrêter cette habitude une fois mariée. Je me souviens du choc que j'ai eu lorsqu'elle m'a raconté sa vie sexuelle. J'étais en dernière année de lycée.

Je contemple la mer. Une mouette passe au-dessus de ma tête. Je la suis des yeux alors qu'elle file vers le mont Daisen.

Sur cette plage, Akira et moi marchions, main dans la main. C'est ici qu'il a posé ses lèvres sur les miennes. Trop gênée, je restais tout le temps silencieuse à son côté.

Quand j'ai parlé à Kyôko de notre amour platonique, elle a ri : « Tu es trop naïve pour ton âge ! »

C'était un dimanche de novembre.

Ma mère m'avait demandé de rendre visite à Kyôko qui étudiait à Matsue, le chef-lieu d'une préfecture voisine. Elle désirait s'assurer que sa fille aînée allait bien, car celle-ci n'était pas revenue à la maison depuis quelques mois. Je supposais que ma sœur était occupée avec U., son copain qu'elle m'avait présenté dans un de ses partys. Je l'avais trouvé très studieux et sympathique. Un genre qui plairait à mes parents. Pourtant, Kyôko m'interdisait de leur parler de lui.

Je pris le train en portant un gros sac rempli de plats que ma mère avait préparés. Il fallait une demi-heure jusqu'à Matsue. Kyôko avait été prévenue de mon arrivée vers trois heures de l'après-midi.

Il faisait froid. Le ciel était couvert de nuages sombres et épais. Malgré ce temps morose, j'étais joyeuse. La veille, j'avais reçu une lettre d'Akira Z. me proposant une sortie ensemble, une promenade sur la plage par exemple. C'était peu après la fête de la culture japonaise à notre lycée où j'avais entendu sa remarque sur mon vase. J'étais tellement excitée par son invitation que je faillis oublier le sac de nourriture dans le train.

Il y avait un kilomètre environ entre la gare de Matsue et l'appartement. Au lieu d'attendre l'autobus, je me mis à marcher. Lorsque j'arrivai, il était déjà trois heures et demie. En recevant les cadeaux de ma mère, Kyôko me lança :

— Anzu, tu as porté ce sac si lourd juste pour moi ? Merci pour ta peine !

Ses paroles étaient aimables, mais l'expression de son visage semblait un peu irritée. Il était évident pour elle que j'étais envoyée par notre mère pour l'espionner. Je lui répondis :

— Il n'y a pas de quoi, ma grande sœur. Je ne te dérangerai pas longtemps.

Elle me montra son salon en désordre. Sur la table basse étaient étalés des cahiers, des livres en anglais, des dictionnaires. Elle se spécialisait en littérature américaine. Elle m'expliqua :

— Comme tu vois, je prépare un examen. Je dois aussi écrire un essai en anglais. Cela m'occupe beaucoup. Je viendrai sans faute pendant les vacances d'hiver, après mon party de Noël. Tu le diras à nos parents, d'accord ?

Je hochai la tête docilement.

Elle m'invita dans sa cuisine et me servit une tasse de lait chaud avec des biscuits. Il y avait un calendrier apposé sur le mur à côté du réfrigérateur. La marge de chaque jour était annotée. Pour ce jour-là, je vis trois rendez-vous : « K. à 9 h am, Anzu à 3 h pm, H. à 8 h pm ». Le nom de son copain, U., n'était pas là. Je me demandai qui étaient K. et H.

Ma sœur me parla des collégiens et des lycéens à qui elle donnait des leçons particulières. Elle gagnait assez pour ses dépenses quotidiennes, alors que mes parents payaient ses frais d'études et son loyer.

— Kyôko, dis-je, tu es une excellente enseignante. Chaque fois que j'ai eu des problèmes dans mes devoirs, tu m'as aidée avec tes explications très claires. Tes élèves doivent vraiment t'apprécier.

— Merci, tu es gentille.

— Je le crois sincèrement. Vas-tu devenir professeur de lycée par exemple ?

— Oh, non ! Enseigner toute la journée n'est pas mon truc.

— Alors que feras-tu après tes études ?

Elle répondit avec assurance :

— Je travaillerai à Tokyo. Je trouverai un emploi dans une maison d'import-export américaine ou à l'ambassade américaine.

En admirant son dynamisme, j'écoutais ses projets qui étaient bien dignes d'elle. De bonne humeur, elle bavardait mais ne mentionnait rien de U. À son tour, elle me posa des questions sur mon avenir. Elle savait que je n'irais pas à l'université. Je lui dis :

— J'espère obtenir un emploi à Yonago, à la succursale de T.

T. est une entreprise reconnue de produits pharmaceutiques dont le siège social est à Tokyo. Ma sœur commenta :

— C'est un excellent choix ! Ton travail sera insignifiant, mais avec ce nom prestigieux, tu recevras plein de propositions de *miaï*. Tu es trop timide pour te trouver un homme toute seule.

Je protestai :

— Le nom de la compagnie n'est pas important pour moi. Ma priorité est de continuer la poterie, et T. est la seule à ne pas exiger d'heures supplémentaires.

Elle se moqua de moi :

— Encore la poterie ! Tu ne penses qu'à pétrir de l'argile. À ton âge, tu n'es jamais sortie avec un garçon.

Ça me démangeait de lui faire connaître la lettre d'Akira, mais j'hésitais. À cet instant, j'aperçus un cendrier vide sur le comptoir à côté de l'évier. Je lui demandai :

— Kyôko, tu fumes maintenant ?

— Non. Je l'ai acheté pour mon nouvel amoureux.

— Un autre ? Qu'est-ce qui est arrivé avec ton petit ami ?

— Tu veux dire U. ? C'est déjà fini entre nous.

— Déjà ? Il était très sympathique.

— Oui, mais trop possessif et trop jaloux. Je ne pouvais pas sortir librement avec d'autres garçons, même en groupe. Cela me suffoquait. Comprends-tu ? Je me sens bien avec le nouveau.

— Est-il aussi étudiant ?

— Non.

— Quel âge a-t-il ?

— Quarante.

Je m'écriai :

— Si âgé ! J'espère qu'il n'est pas marié.

— Si, il a deux enfants.

Ahurie, je bégayai :

— Tu… tu es alors sa maîtresse ?

— Maîtresse ? Tu exagères !

Kyôko rit. Je compris alors pourquoi dernièrement elle n'était pas revenue à la maison. Je pensai : « Si nos parents l'apprennent, ils la menaceront de lui couper l'aide financière. » Mais je n'osai pas lui faire la morale. Elle me jeta un sourire espiègle :

— Ne le dis à personne, surtout pas à nos parents, d'accord ?

De nouveau, je hochai la tête docilement. « Nous sommes sœurs. Il faut que nous restions solidaires. » C'est ce qu'elle me répète depuis notre enfance, et elle n'a jamais révélé à personne les confidences que je lui ai faites.

Je l'interrogeai timidement :

— Depuis quand connais-tu ce monsieur ?

— Depuis deux mois. Ce soir, je vais le voir. Il s'appelle H.

Je me dis : « H. ? Ah, c'est lui. » Je jetai un œil au calendrier sur le mur.

— Comment l'as-tu rencontré ?

— C'est le père d'un de mes élèves, répondit-elle.

— Quoi ?!

— Il est séduisant, riche et très généreux.

— Que fait-il ?

— Il est le président d'une entreprise de cosmétiques.

— Pourquoi tu ne sors pas avec un garçon de ton âge ?

Ma sœur m'expliqua franchement :

— Les garçons de mon âge sont immatures et n'inspirent pas confiance. Je ne veux pas me marier avant mes trente ans. Alors les hommes déjà mariés me conviennent tout à fait.

— Mais, Kyôko, si ton amoureux voulait divorcer de sa femme pour te...

Elle me coupa :

— C'est un mari heureux ! Seulement, il cherche une aventure, comme moi. Ainsi, nous pouvons avoir une relation sans soucis.

— Si sa femme découvre…

— Il n'est pas balourd. C'est pour cela que je l'ai séduit.

— Tu l'as séduit ?!

— Calme-toi, Anzu. Ce n'est pas important qui a pris l'initiative, car nous sommes d'accord sur les besoins de chacun. Je ne suis plus mineure.

Je faillis lui dire : « Tu dépends de nos parents. » À la place, une question stupide sortit de ma bouche :

— Pourquoi tu n'attends pas jusqu'à tes trente ans ?

Elle ricana :

— Dix ans sans hommes ? Impossible ! J'aime faire l'amour.

Je sentis mon visage rougir. Elle me lança un regard compatissant :

— Je sais que tu es vierge. Tu comprendras un jour ce que je veux dire. Si tu veux, je te présenterai un garçon.

À ce moment-là, je lui parlai enfin de l'invitation d'Akira. Elle me fixa, les yeux écarquillés :

— Tu as reçu un billet d'amour ?!

C'était son tour d'être stupéfaite. Je niai :

— Ce n'est pas exactement un billet d'amour. Une proposition pour une sortie ensemble, une promenade par exemple.

— Comme ça ? Tu ne comprends pas les hommes ! Il veut avoir des relations sexuelles.

Je devins plus rouge. L'air très curieux, ma sœur m'interrogea :

— Comment as-tu rencontré ce garçon ?

Je lui racontai que nous étions au même lycée et que lors de la fête de la culture japonaise il avait fait l'éloge de mon vase. Elle continua à me questionner :

— Lui as-tu déjà donné ta réponse ?

— Non, pas encore.

— Tu souhaites sortir avec lui ?

— Oui.

— Est-il charmant ?

Je lui répondis fièrement :

— Oui, il est beau, sportif et intelligent.

Kyôko m'ordonna :

— Dis-moi exactement ce qu'il t'a écrit sur son billet !

J'étais habituée à sa façon autoritaire, à laquelle j'obéissais normalement. Cependant, cette fois-là, je refusai :

— Non, c'est personnel.

Elle sourit tendrement :

— Je suis ta sœur aînée et ta confidente. J'ai la responsabilité de te protéger. Comme tu n'as jamais eu d'expérience sexuelle, je m'inquiète pour toi. Tu dois écouter mes conseils. Rassure-toi, je n'en parlerai pas à nos parents.

— Et toi, as-tu demandé des conseils à quelqu'un ?

— Non. Je ne suis pas comme toi, naïve et ignorante quant au sexe. Comprends-tu ?

Ces paroles me vexèrent, mais elle avait raison. Elle ajouta :

— Après mes examens, je donnerai chez moi un party de Noël. Viens avec lui. Je pourrai le jauger à cette occasion.

Il était déjà cinq heures passées quand finalement je quittai son appartement. Il bruinait. J'avais froid. Je n'avais plus le sac lourd à porter, mais je sentais avoir reçu en échange un secret pesant dont je ne pourrais pas me débarrasser.

Je rentre à la maison avec mon album de lycée et les vieux cahiers que j'ai pris chez mes parents cet après-midi.

Il est presque sept heures et demie. Tôru reviendra bientôt après son dîner au restaurant avec son père et sa copine. Selon lui, le couple mange rarement à la maison, et la femme adore faire les boutiques, en payant tout le temps par carte de crédit. À chacune de ses visites, mon fils joue avec son cousin paternel que mon ex-mari invite chez lui. Les garçons ont le même âge.

J'ai un peu froid et me prépare du thé chaud. Installée sur le canapé, je feuillette mon album de lycée que je n'ai pas ouvert depuis des années. Les élèves en avaient reçu chacun un lors de la remise des diplômes.

Je regarde les pages de la classe d'Akira.

En effet, il était beau, en plus d'être brillant et athlétique. Étant une élève médiocre et d'apparence ordinaire, je n'avais jamais imaginé avoir la chance de sortir avec un garçon pareil. Mais, après son éloge de mon vase, je m'étais sentie proche de lui et souhaitais l'aborder, sans en avoir le courage. Chaque fois que je l'apercevais, mon cœur palpitait. Naturellement, son billet d'invitation pour une sortie m'avait jetée dans un ravissement total.

À notre premier rendez-vous, nous nous sommes promenés sur la plage de Yumigahama. C'était au début de décembre. Il faisait ensoleillé mais l'air était glacial. Un vent fort soufflait. Cela ne me dérangeait pas. Me félicitant pour mon prix d'excellence, Akira m'a demandé depuis quand je pratiquais la poterie. Je lui ai raconté mon enfance avec mon grand-père, potier amateur. Il m'a dit : « Je suis fier de mon jugement. J'étais sûr que tu gagnerais un prix. Tu as de la chance d'être passionnée par une activité créative. »

Akira comptait se présenter au concours d'entrée d'une des meilleures universités de la région. Il voulait devenir avocat et étudiait avec ardeur non seulement au lycée mais aussi à un *juku*. En plus, il s'entraînait au rugby tous les jours après les cours. Je tentais de ne pas le déranger et attendais son appel.

Au deuxième rendez-vous, nous sommes allés au cinéma. De rester assise à côté de lui pendant une heure et demie me rendait si émue que je ne suivais pas l'histoire du film. À la troisième rencontre, nous nous sommes de nouveau promenés à la plage de Yumigahama. C'est cette fois-là qu'il a posé ses lèvres sur les miennes.

Et, après les examens du deuxième trimestre, je lui ai proposé de m'accompagner à la soirée de Noël de Kyôko. Il était enchanté de rencontrer ma sœur et ses amis étudiants.

C'était un souper-partage. Akira et moi nous sommes rendus à l'appartement de ma sœur avec des plats que ma mère avait préparés. Il y avait une dizaine de personnes. Parmi eux se trouvaient une collégienne et sa mère. C'était une élève de ma sœur. Kyôko m'a chuchoté que le père de cette fille était son amant et qu'il était en ce moment à l'étranger pour affaires. J'étais ébahie. Puis elle a présenté à ses invités un garçon de la même université : « Voici mon petit ami. » Je restais perplexe. Akira me répétait : « Ta sœur est belle, gentille, généreuse ! Son amoureux doit être fier d'elle. »

Après les trois jours du nouvel an, Akira et moi sommes allés au mont Daisen faire du ski pour une journée. Il était un excellent skieur. Nous nous sommes bien amusés. L'école a recommencé. Un jour, il m'a dit : « Je ne pourrai pas te voir pour un certain temps. » J'ai compris. Il travaillait fort. C'était une période importante pour les élèves qui se présentaient au concours d'entrée. Finalement, il a été admis à l'université d'O. J'ai été très contente pour lui. Hélas ! Il m'a annoncé : « Je ne peux plus te voir, car j'en aime une autre. Désolé. »

Je ferme l'album et consulte ma montre. Il est huit heures vingt. Au bout de quelques secondes, on sonne à la porte. C'est mon fils. En entrant, il me dit :

— Papa a fait faillite.

— Quoi ?

Ahurie, je fixe son visage sérieux. Il me répète :

— Faillite.

Ça me fait drôle d'entendre un tel mot dans la bouche d'un enfant de dix ans. Il reprend :

— Papa a perdu sa compagnie. Il va perdre même sa voiture. Il est pauvre maintenant.

— Qui t'a dit ça ?

— Sa copine.

Mon ex-mari, R., possède une imprimerie. J'étais au courant que l'entreprise n'allait pas bien depuis un certain temps, mais je n'imaginais pas jusqu'à quel point.

— Mon chéri, dis-je, ce genre de chose arrive souvent dans le monde des affaires. Ton père connaît bien tout cela et il n'est pas pauvre. Tu continueras de le voir, et chez nous rien ne changera. Je te le promets.

Un peu rassuré, Tôru sort du salon pour prendre une douche.

Je ramasse l'album de lycée et vais dans ma chambre. En le mettant dans un tiroir de mon bureau, je me rappelle les paroles de ma sœur : « Tu as divorcé ? Tant mieux. R. n'était pas bon pour toi. »

J'ai rencontré R. dans un centre sportif, où je prenais des cours de *kendô* et lui, de tennis. Il travaillait à la mairie de notre ville dans la section des affaires générales, et moi comme commis dans la succursale de la compagnie T. Après un an de fréquentation, nous nous sommes mariés. J'avais vingt-trois ans, et lui vingt-huit. Il ne s'intéressait pas particulièrement à mon art mais ne me décourageait pas non plus.

Mes parents étaient contents de notre union. Ils me répétaient : « R. est gentil. Il a un emploi stable. Tu seras bien avec lui. » Nobuki, en dernière année de lycée, me taquinait : « J'ai enfin un beau-frère ! J'espère qu'il s'alliera avec moi contre mes grandes sœurs fortes et méchantes. » Quant à Kyôko, elle se moquait de moi : « Hein, tu as réussi à te trouver un homme sans *miaï* ? »

J'ai démissionné de T. quand j'étais enceinte de cinq mois. La naissance de Tôru a beaucoup réjoui R. Il rentrait à la maison aussitôt son travail terminé et s'occupait du bébé. Bientôt, j'ai recommencé la poterie que j'avais dû arrêter pendant une année.

Lorsque notre fils avait trois ans, mon beau-père est mort d'un cancer. R. a hérité d'une somme importante. Alors qu'il réfléchissait à la meilleure façon de l'investir, un homme d'affaires lui a proposé d'acheter avec lui une imprimerie d'une trentaine d'employés. L'homme avait réussi dans une autre entreprise. R. a été tenté. Je m'y opposais, car c'était un salarié typique. Il ne m'écoutait pas. Il a accepté cette invitation et quitté la mairie. Son associé avait la direction en tant que président, et R. était chargé des affaires générales comme dans son emploi précédent. Il était très fier de devenir actionnaire.

Grâce au dynamisme de son partenaire, l'imprimerie allait très bien et R. en profitait sans trop d'efforts. Bientôt, il se mit à fréquenter le bar avec ses amis et à rentrer tard le soir en semaine. Les week-ends, il jouait au golf avec ses clients. Il mangeait tout le temps au restaurant. Naturellement, j'étais seule à la maison avec notre fils.

Nous ne faisions plus l'amour. Nous n'échangions que le minimum de mots. Quand j'appelais R. à son bureau, il était très souvent absent sans raison particulière. Son associé n'était apparemment pas content de lui. Le bruit courait que R. avait une maîtresse.

J'étais déprimée et me rappelais ma déception amoureuse avec Akira. Au moins, ce dernier avait été honnête, m'avouant qu'il aimait quelqu'un d'autre. Par contre, R. continuait à me tromper et n'avait jamais fait allusion à un divorce. Étrangement, je n'avais aucun désir de savoir qui était sa maîtresse et ne le harcelais pas de questions. Je tentais de reprendre mon sang-froid.

Sans en parler à personne, je cherchais comment organiser mon avenir. J'étais désespérée. Bizarrement, ce qui m'encourageait, c'était les paroles d'Akira : « Tu as de la chance d'être passionnée par une activité créative. » Et son éloge de mon vase : « Sa forme est simple mais solide, originale et très élégante. »

Je m'absorbais plus que jamais dans l'art de la poterie. Enfin, j'ai commencé à réutiliser le *kama* de mon grand-père. À chaque *kamataki*, mes parents venaient m'aider et dormaient dans la cabane avec moi et mon fils. Bientôt, j'ai gagné plusieurs prix prestigieux. Sept ans après mon mariage, j'ai ouvert ma boutique actuelle.

Trop occupé par ses « voyages d'affaires », R. ne savait pas ce que je faisais. Un jour, je lui ai annoncé : « Divorçons. Tu sais bien pourquoi. Bonne chance avec ton amante. » Il était abasourdi. Il m'implora d'y repenser, mais je ne cédai pas. J'ai apposé mon *hanko* sur la déclaration de divorce en demandant la garde de notre fils, qui porterait mon patronyme, ce qu'il a accepté à contrecœur.

Peu après notre séparation, l'associé de R. a décidé de se retirer de l'imprimerie. Mon ex-mari lui a racheté ses actions et s'est mis à diriger lui-même l'entreprise en tant que président. Il a tout de suite augmenté le nombre d'employés. En me racontant tout cela, il s'était vanté : « Je serai encore plus riche. Tu dois regretter le divorce. »

Et voilà, maintenant sa compagnie est en faillite. Après tout, ce n'est pas surprenant, car R. ne faisait rien alors que le monde de l'imprimerie était très touché par la récession. Son ex-associé avait dû prévoir les difficultés futures. C'était bien pour moi d'avoir déjà mis fin à notre mariage.

Nous sommes au milieu du *golden-week*.

Pendant ces vacances, mon fils fréquente le club de karaté tous les jours. Il ne voit pas son père qui est trop pris par sa faillite.

Aujourd'hui, mon assistante est en congé et je travaille seule dans l'atelier de ma boutique. En tournant une pièce, je songe à la célèbre foire de potiers de Beroun, en République tchèque, que je visiterai cet automne. Pour la garde de mon fils, je devrai compter sur mes parents, si mon ex-mari ne peut pas.

Vers midi, alors que je prépare du thé pour mon déjeuner, je reçois un appel de mon père. C'est à propos de Kyôko qui arrivera tard cet après-midi avec son fiancé. Mes parents iront les chercher avec mon fils à l'aéroport. Pour ne pas trop me déranger, ils vont les inviter tous les trois à dîner dans un restaurant avant de les amener chez moi. Mon père me dit :

— Je te remercie d'accueillir ta sœur et son compagnon. Demain, nous fêterons l'anniversaire de Kyôko chez votre frère, qui a hâte de rencontrer son futur beau-frère.

L'anniversaire de Kyôko ? J'avais complètement oublié. Papa me mentionne que ce monsieur travaille dans une compagnie pharmaceutique. Curieuse, je lui demande :

— Quelle compagnie ?

— Je ne sais pas encore, mais il semble occuper un poste important.

Après quelques mots, papa raccroche.

Je suis intriguée par ce dernier choix de ma sœur. Elle aimait les hommes d'affaires riches. « La vie des salariés est ennuyeuse. » C'est ce qu'elle me répétait. Quand R. a acheté l'imprimerie avec son partenaire, elle m'a félicitée : « Anzu, je suis contente pour toi. Au lieu de pétrir de l'argile, tu vivras plus confortablement et voyageras beaucoup en famille. »

De nouveau, mon portable sonne. C'est mon ex-mari. Je réponds :

— Allo.

— Euh...

Un silence.

— J'écoute, dis-je.

— Tôru t'a dit quelque chose à propos de mon imprimerie ?

— Oui. Je suis désolée pour ta faillite.

Il se tait. Je reprends :

— Je ne veux pas que tu en parles trop à notre fils. Il était déprimé en apprenant cette nouvelle.

— C'est ma copine qui lui a raconté. Je suis fâché contre elle.

— Tôru s'entend toujours bien avec elle ?

— Elle est partie.

— Tu n'es plus avec elle ?

— Non… En fait…

R. semble vouloir m'entretenir de quelque chose. Je lui dis :

— Je travaille dans mon atelier. Rappelle-moi après le *golden-week* si tu as des questions concernant notre fils.

— Où est-il maintenant ?

— Au club de karaté. Cet après-midi, il ira à l'aéroport avec mes parents chercher Kyôko.

Il s'enquiert :

— Ta sœur est encore célibataire ?

— Elle va bientôt se marier. Aujourd'hui, elle nous présente son fiancé.

— Vraiment ?

— Si tu souhaites la revoir…

Il me coupe sèchement :

— Non.

Il raccroche sans même me dire au revoir.

J'ouvre la porte :

— Ah, vous voilà !

Derrière mon fils se tiennent ma sœur et son fiancé. Kyôko porte à la main un petit bouquet de fleurs entouré d'un joli papier d'emballage. Elle me présente :

— Voici Yûji Yamada.

Yûji s'incline légèrement vers moi. Nous nous saluons amicalement. Il a les yeux calmes et doux. Sa voix est posée et sonne bien à l'oreille. Il est vêtu d'un t-shirt gris et d'une veste bleu foncé. Son apparence simple et ordinaire me surprend, si opposée au goût de ma sœur, habillée de vêtements chics.

Il est déjà huit heures passées. Mon fils souhaite bonne nuit à tout le monde et va dans sa chambre. J'invite les visiteurs dans le salon. Yûji me tend une boîte de gâteaux et une bouteille de vin. Je le remercie. Kyôko me montre les fleurs. Ce sont des *suzuran*.

— À l'aéroport, dit-elle, Tôru nous a accueillis avec ce bouquet. Ce geste m'a touchée. Ça sent bon !

— Je ne savais pas que mon fils était si galant.

Les bases des tiges sont rassemblées dans une capsule en plastique contenant de l'eau. Je pense à mon vase auquel j'ai donné le nom de cette plante. Ma sœur ajoute, souriante :

— C'est la fleur de mon anniversaire.

— Ah bon ? Il l'a bien choisie alors.

Yûji nous interrompt, l'air un peu tracassé :

— On adore le *suzuran*. Mais il ne faut pas oublier qu'il est toxique et peut même être mortel si l'on mange son périanthe, c'est-à-dire le calice et la corolle.

Kyôko et moi nous exclamons :

— Toxique et même mortel ? !

— Oui, sa toxicité est quinze fois plus forte que celle du cyanure de potassium. Même l'eau du vase, même la plante fanée et desséchée sont toxiques.

Nous nous écrions :

— Oh là là !

J'apporte le bouquet à la cuisine et le mets dans un bocal en verre, que je pose sur le rebord de la fenêtre, hors de portée. Ensuite, je reviens au salon avec des tasses de tisane. Kyôko parle à Yûji de son amie de lycée qu'elle compte revoir. Je leur demande :

— Comment vous êtes-vous rencontrés ?

Ma sœur répond :

— Par *gôkon.* Il y avait cinq hommes et cinq femmes célibataires, tous ayant fait des études universitaires.

C'est étrange, pensé-je. Elle se vante de sa popularité auprès des hommes. Pourquoi a-t-elle besoin de ce moyen pour trouver un futur mari ?

— En fait, dit Yûji, je remplaçais mon ami médecin. Il a dû annuler à cause des funérailles d'un membre de sa famille.

Kyôko lui déclare :

— Et nous voilà ! C'était ton destin ! Même si tu n'avais pas été là, tu m'aurais croisée quelque part.

Il sourit, gêné :

— J'ai été flatté d'être choisi par une femme aussi belle. Mon ami est devenu très jaloux de moi.

Je les écoute en songeant à l'époque où Kyôko avait des aventures avec des hommes mariés. « J'aime séduire », disait-elle. Je leur demande :

— Quand allez-vous vous marier ?

Yûji hésite. Kyôko répond :

— Ce n'est pas encore décidé. Nous ne sommes pas pressés.

Puis elle sort du salon pour prendre une douche. Je la suis pour lui donner une serviette propre. Quand je reviens au salon, Yûji est en train d'examiner les trois tasses de tisane. Il me donne son avis :

— Elles sont de même dimension, mais leurs couleurs roussâtres sont subtilement différentes. C'est beau et élégant. Où les as-tu achetées ?

— Je les ai fabriquées moi-même.

— C'est incroyable !

Apparemment, Kyôko ne lui a pas parlé de mon métier. J'explique à Yûji que je suis céramiste, que je possède une boutique spécialisée en vases ikebana et que j'organiserai bientôt une exposition. Il me pose des questions :

— As-tu ton propre four ?

— Oui, un petit *kama* à bois que mon grand-père a construit il y a longtemps.

— Comment cette couleur roussâtre apparaît-elle ?

— Ces pièces sont cuites sans glaçure. Ce qu'on appelle *yakijimé.* Quand les cendres de bois collent à un objet, leur alcalinité cause une réaction chimique avec le fer de l'argile. C'est ce qui donne cette tonalité très particulière.

Puis je lui parle du *kamataki*. Yûji m'écoute avec beaucoup d'intérêt. Il me fixe droit dans les yeux, ce qui me décontenance. Il continue à me questionner :

— Quelle est la température du feu ?

— Cela dépend de la sorte d'argile. Dans mon cas, il faut un peu plus de onze cents degrés.

— Alors le feu et les cendres déterminent les couleurs ?

— Oui, et aussi la position de l'objet. Pour obtenir la teinte souhaitée, bien sûr, il faut avoir beaucoup de pratique et se fier à son intuition. Quand même, c'est impossible de prévoir exactement le résultat. C'est accidentel, comme la vie.

Les yeux écarquillés, il répète :

— Accidentel comme la vie ?

— Oui, comme dans ton cas. Tu es allé à ce *gôkon* à la place de ton ami qui avait dû annuler à la dernière minute. Et voilà, tu as rencontré ma sœur, ta future femme.

Il murmure :

— En effet… Je n'avais pas du tout planifié tout cela.

Il examine à nouveau chaque tasse. Je reprends :

— Au début, l'œuvre donne une impression d'inachevé, mais elle prend peu à peu de la profondeur à mesure qu'on s'en sert. Comme si elle et son utilisateur accomplissaient une harmonie ensemble. Comme un couple assorti.

Il lève les yeux et me regarde sans un mot. Je baisse la tête. Nous restons silencieux quelques instants. Ensuite, il change de sujet :

— Anzu, as-tu jamais eu d'autres métiers ?

— Oui. Après le lycée, j'ai été employée dans la succursale de T. C'est une compagnie de produits pharmaceutiques, dont le siège social se situe à Tokyo.

Yûji s'exclame :

— C'est pour T. que je travaille maintenant !

— Quelle coïncidence !

Je vois que Kyôko ne lui a pas mentionné ce fait non plus.

— Tu aimes la chimie alors, dit-il.

— Non, pas du tout ! J'ai choisi cette entreprise parce qu'elle n'exigeait pas d'heures supplémentaires.

Il rit. En fait, il est venu ici surtout pour visiter la succursale. Je décris mes supérieurs et mes collègues de l'époque. Il a hâte de connaître l'ambiance actuelle. Notre conversation devient de plus en plus animée.

Kyôko revient de la salle de bain. Elle veut s'allonger sur le lit, car elle a mal à la tête. Yûji la suit dans la chambre d'amis que j'ai préparée pour eux. J'apporte les tasses vides dans la cuisine.

Alors que je fais la vaisselle, mon fils vient prendre de l'eau. Je lui demande :

— Tu as offert à ta tante un bouquet de *suzuran* à l'aéroport. C'était ton idée ?

— Non, c'était l'idée de grand-mère.

— Je m'en doutais.

Je lui répète ce que Yûji nous a appris sur cette plante. Tôru réagit calmement :

— Toxique et mortelle ? Mais qui aimerait en manger ou boire l'eau du vase ? Il y a beaucoup d'arbres et de fleurs comme ça. On n'a qu'à faire attention.

— Comme tu es sage !

Il annonce fièrement :

— Le *suzuran* s'appelle « lily of the valley » en anglais, et « muguet » en français.

— Comment connais-tu ces mots étrangers ?

— Par grand-mère.

— Vraiment ?

Il hoche la tête et ajoute :

— Ah, il y a un autre mot en français : « amourette ».

Tôt le matin, après le petit-déjeuner, Kyôko et Yûji partent se promener au centre-ville. Mon fils va chez ses grands-parents pour les aider dans leur déménagement. Il prend l'autobus tout seul. Quant à moi, je travaillerai dans l'atelier de ma boutique. Ce soir, toute la famille se réunira chez mon frère pour fêter l'anniversaire de Kyôko.

Il est neuf heures. Je suis seule dans mon appartement. Avant de sortir, je bois du thé tranquillement. Je n'ai pas beaucoup dormi, mais mon esprit est vif ou plutôt agité.

Je songe à Yûji. Quand je lui adresse la parole, il me regarde dans les yeux et m'écoute très attentivement, comme si chacun de mes mots était précieux. Il est peut-être comme ça avec tout le monde. Ou bien est-ce par politesse qu'il se comporte ainsi devant moi, son hôtesse et la sœur de sa fiancée ? En tout cas, j'apprécie son intérêt pour ma poterie. Ce matin aussi, au petit-déjeuner, il observait les assiettes et les bols que j'ai fabriqués.

Je dois admettre que j'éprouve une sensation inhabituelle envers cet homme. Son odeur me fait frissonner. Une odeur qui me donne un sentiment de nostalgie. Sa voix et son image me reviennent sans cesse à l'esprit. Je me dis : « Suis-je tombée amoureuse de mon futur beau-frère ? » Embarrassée, je secoue la tête.

Je me rappelle ma relation avec Akira, mon premier amour.

C'était un élève reconnu pour son apparence attirante et ses excellentes notes. Un garçon très sympathique. Naturellement, il était le point de mire des filles. Quand j'avais reçu son billet d'invitation, j'étais déjà aveuglée par sa belle image imprimée dans ma tête.

Je réfléchis aussi au cas de R., mon ex-mari.

Au début de nos rencontres, il me disait vouloir se marier avant ses trente ans. Il préférait quelqu'un de sportif. Il avait fait plusieurs *miaï*, mais aucune des filles n'aimait les sports. Pour cette raison, il était venu au centre sportif où je pratiquais le *kendô*. Il se vantait auprès de ses amis que je travaillais pour la compagnie T.

R. était le premier homme que je fréquentais régulièrement. Lorsqu'il m'a demandée en mariage, j'ai accepté sans beaucoup réfléchir. Mes parents m'ont dit : « Tu es artiste. C'est idéal d'avoir un mari avec un emploi stable. » À vrai dire, je voulais surprendre Kyôko, qui me répétait : « Trop timide, tu ne trouveras jamais un mari par toi-même. »

Je regarde ma montre. Il est déjà près de dix heures. Je me change pour aller à l'atelier de ma boutique. Puis j'entre dans la salle de bain. En peignant mes cheveux, je sens l'odeur de Yûji émanant de sa serviette blanche. Je reste figée sur place.

« Happy birthday dear Kyôko… Happy birthday to you ! »

Nous applaudissons ma sœur, installée devant un magnifique gâteau aux fraises. Nous sommes dix : Kyôko et Yûji, mes parents, mon frère et sa femme avec leurs deux filles, Tôru et moi. Ma sœur nous remercie et parle, comme d'habitude, de ses sorties culturelles à Tokyo et de ses voyages d'affaires à l'étranger. Tout le monde l'écoute d'un air admiratif. Assis derrière elle, Yûji observe tendrement mes petites nièces, excitées par le beau gâteau que leur maman a préparé. Un moment, nos regards se croisent et il me sourit.

À la différence de mon frère et moi, Kyôko adore être fêtée en présence de beaucoup de monde. Lorsqu'elle étudiait à Matsue, elle organisait des soirées, dont elle était la vedette. J'allais souvent l'aider. C'était son ordre habituel et je lui obéissais comme si cela avait été mon devoir. Je me demande si Yûji a le même goût qu'elle pour ce genre de chose.

Après le dessert, ma belle-sœur emmène ses enfants dans l'arrière-cour. Mon frère et Yûji les suivent. La maison devient soudain tranquille. Ma mère commence à raconter la naissance de Kyôko :

— Quand je suis tombée enceinte, nous étions extrêmement heureux mais aussi très inquiets. Vous savez pourquoi ? J'avais déjà eu deux fausses couches. Auparavant, nous souhaitions avoir au moins un garçon, mais après ces tragédies, cela ne nous importait plus. Et voici Kyôko. Imaginez notre joie !

Cette histoire est répétée à chaque anniversaire de ma sœur. Je suis contente que ma mère s'en souvienne encore bien. Mon fils l'interroge :

— Qui a nommé ma tante ?

— Ton grand-père. Et moi, j'ai choisi ses *kanji* : 京子 – l'enfant de la capitale.

— Ah, c'est pour ça que tante Kyôko aime Tokyo !

Tout le monde rit. Il demande de nouveau :

— Et pour le nom de maman comment avez-vous décidé ?

Ma mère lui explique :

— Anzu ? C'est également ton grand-père qui l'a nommée, et moi ses *kanji* : 杏子 – l'enfant de l'abricot.

— Mignon, mais c'est un drôle de prénom.

Mon père l'interrompt :

— Tu sais, j'aime beaucoup les abricots.

— Ce n'est pas romantique !

Nous rions de nouveau. Ma sœur dit à nos parents :

— Les *kanji* d'Anzu, 杏子, peuvent aussi se prononcer « kyôko ». À l'école primaire et au collège, mes camarades se moquaient de moi : « Ta sœur cadette porte le même nom que toi ? » Pour elle, vous auriez dû choisir l'écriture de *hiragana* : あんず. Ou bien ce seul *kanji*, 杏, qui se prononce aussi *anzu*. Cela aurait pu éviter cette confusion.

Je ne connaissais pas cette anecdote. Ma mère s'excuse :

— Je suis désolée si cela te dérangeait. Mais je désirais que vous restiez proches l'une de l'autre, comme des jumelles.

Mon fils nous regarde, Kyôko et moi :

— Vous vous sentez proches comme des jumelles ?

Ma sœur lui répond :

— Bien sûr ! Nous n'avons que deux ans d'écart. Enfants, nous jouions ensemble et agissions de concert.

Puis elle me jette un sourire espiègle :

— N'est-ce pas, Anzu ?

Je dis à Tôru :

— Tout à fait, je la suivais partout. S'il y avait quelqu'un de méchant envers moi, elle me protégeait. En plus, elle était excellente dans toutes les matières et m'aidait dans mes devoirs.

Enchantée, ma mère reprend :

— Je suis sûre qu'il y avait quand même des désaccords et des colères entre les deux sœurs. Mais jamais l'une d'elles ne dénonçait les méfaits de l'autre. J'étais fière de leur solidarité.

Je me rappelle ce que Kyôko m'avait dit en me parlant de son aventure avec le père d'une de ses élèves de cours privés : « Nous sommes sœurs. Il faut que nous restions solidaires. » C'est ce qu'elle me répétait chaque fois qu'elle me faisait une confidence.

Tôru poursuit ses questions à ses grands-parents :

— Qui a choisi le nom d'oncle Nobuki ?

Cette fois, ma mère hésite à répondre. Elle bégaie :

— Ah... Nobuki, il est né... Attends, ça va me revenir.

Son expression devient un peu troublée. Alors qu'elle tente de s'en souvenir, mon père répond à mon fils :

— Nobuki ? C'est moi qui ai décidé de son prénom et des *kanji* : 信樹 – l'arbre fidèle.

— Vous avez dû être heureux d'avoir enfin un garçon.

— Oui, et aussi surpris, car nous croyions que ce serait une autre fille.

— Quel âge grand-mère avait-elle ?

— Elle avait quarante ans.

Tôru tourne sa tête vers moi :

— Maman, tu n'as que trente-cinq ans. Tu pourras te remarier. Je souhaite avoir une petite sœur.

Je m'écrie :

— Tu dis n'importe quoi !

Mon père rit et continue à parler de la naissance de mon frère. Kyôko bâille. Ce sont des anecdotes que mes parents nous ont racontées à maintes reprises. Néanmoins, ma mère a encore un air déconcerté. Je la console : « Maman, ce n'est pas grave. »

Brusquement, ma sœur me lance :

— Yûji dormira chez toi demain soir aussi, mais sans moi.

Je suis désorientée :

— Pardon ?

— Je retourne seule à Tokyo dimanche soir. Yûji doit visiter lundi matin la succursale de sa compagnie. Il envisageait de descendre dans un hôtel d'affaires, mais je lui ai dit de demeurer chez toi. Ça te dérange ?

— Non, pas du tout. Tôru sera ravi.

Kyôko me sourit :

— Traite mon fiancé comme un membre de la famille.

Nous sommes dimanche. Le temps est ensoleillé sans vent.

Il est presque quatre heures de l'après-midi. Je viens d'aider mes parents dans leurs derniers préparatifs de déménagement. Maintenant, je me rends à la plage de Yumigahama pour faire ma promenade habituelle. Ensuite, je vais passer un peu de temps dans mon atelier.

Tôt ce matin, Kyôko et Yûji sont sortis ensemble. Celui-ci est revenu seul après avoir déjeuné avec ma sœur dans un restaurant. Puis il est reparti avec mon fils pour visiter les ruines du château de Yonago. C'est Tôru qui a invité son futur oncle à voir cet endroit touristique. Ils sont censés rentrer à la maison vers sept heures. Comme ma sœur me l'a dit hier, Yûji va dormir chez moi ce soir aussi.

Quant à Kyôko, elle est allée rencontrer une amie de lycée. Elle ira directement à l'aéroport pour retourner à Tokyo. Finalement, nous n'avons pas beaucoup parlé. Je me demande si elle va mieux : ce matin encore, elle avait mal à la tête et je lui ai donné de l'antalgique, qui l'a un peu calmée.

Je flâne sur la plage. Aujourd'hui, il y a beaucoup de familles.

Au-dessus de moi volent des mouettes en groupe. Le ciel sans nuages et la mer du Japon se rejoignent à l'horizon. Si l'on va tout droit vers le nord, on arrive à Nakhodka, en Russie, presque à la même hauteur et à la même distance que Hakodate. Vers l'ouest se trouve Busan, en Corée du Sud. Cette ville est plus proche d'ici que Tokyo. Je songe à mon voyage en République tchèque cet automne pour visiter les marchés de potiers.

Yûji s'intéresse à mon *kama*. J'aimerais bien l'emmener à la campagne, s'il a du temps libre demain. Pourtant, je n'ose pas le lui proposer. Je suis déjà complètement amoureuse de lui. Je ne peux pas arrêter de penser à son regard doux, à son sourire, à sa voix, à son odeur qui m'enivre. Hélas, il est déjà pris !

— Anzu !

Je me retourne vers la voix. C'est mon amie, S., qui m'a téléphoné l'autre jour pour savoir si je participerais à la réunion des anciens élèves du lycée. Elle est avec ses deux enfants, un garçon et une fille, tous les deux beaucoup plus jeunes que mon fils.

— Je n'imaginais pas te voir ici, dit S. Que fais-tu toute seule ?

— Tu vois, je jouis d'une promenade solitaire.

— Puis-je te déranger un peu ?

— Je t'en prie.

S. laisse ses enfants jouer seuls sur le sable. Elle et sa famille viennent de faire un voyage aux îles Oki, et son mari se repose maintenant à la maison. Je m'excuse :

— Je n'ai pas encore répondu à ton invitation.

— Et alors, quelle est ta réponse ?

— Je vais venir.

— Ah, finalement !

Elle sourit en ajoutant :

— Je te rappelle qu'Akira aussi sera là.

« Akira ? » L'esprit trop occupé par Yûji, j'oubliais l'existence de ce beau garçon qui m'avait plaquée pour une autre fille. S. doit toujours ignorer notre relation d'autrefois.

— Oui, dis-je, tu m'as aussi appris qu'il avait récemment divorcé.

— Tout à fait. Le nombre de divorces augmente chaque année. Il y en a qui ne se sont jamais mariés. C'est le même phénomène partout.

— C'est dommage.

— En effet. Le vieillissement de la population s'accélère et le taux de natalité baisse. Si cela continue ainsi, il n'y aura plus de Japonais dans notre pays. C'est inquiétant !

Devant nous, les enfants se disputent un jouet. La fille de quatre ans crie fort à son frère aîné, qui lui réplique de la même façon. S. écoute les raisons de chacun et tente de les réconcilier. En les observant, je me rends compte que dans mon enfance je n'ai pas eu beaucoup de querelles avec Kyôko et Nobuki.

Je demande à mon amie :

— Comptes-tu avoir un autre enfant ?

— Eh oui. Je suis enceinte de deux mois.

S. sourit en touchant son ventre. Je la félicite. L'ex-enseignante d'école primaire me semble épanouie dans sa vie actuelle. Elle aime chanter et joue très bien du piano. Son rêve est d'ouvrir une maternelle. Elle me conseille, à moitié sérieuse :

— Anzu, tu n'as que trente-cinq ans. Remarie-toi. Quand tu auras un autre enfant, tu l'enverras à mon école.

— Un autre mariage ? Un autre enfant ? J'en doute.

— On ne sait jamais !

Elle parle d'une connaissance qui a eu son premier accouchement à quarante-deux ans. Cela m'intrigue, mais je ne l'écoute que d'une oreille. Mon esprit est toujours occupé par Yûji. Soudain, S. me demande :

— Comment va ta sœur ? Est-elle encore célibataire ?

Je suis prise de court. Je bégaie :

— Non..., oui, non.

— C'est-à-dire ?

— Kyôko est ici avec son amoureux.

— Ils vont se marier ?

— Je suppose que oui.

— Quel âge a-t-elle ?

— Elle vient d'avoir trente-sept ans.

— À son âge, elle s'est enfin décidée à quitter le célibat ? Son futur mari doit être quelqu'un d'exceptionnel.

J'acquiesce de la tête. Mon amie ajoute :

— Ta sœur était très populaire auprès des garçons. Akira aussi était épris d'elle.

Je suis stupéfaite :

— Quoi ?

— Elle ne t'avait pas parlé de lui ?

— Non...

S. fait les yeux ronds. Je vois qu'elle ne s'attendait pas du tout à ma réaction. Elle me dit :

— Ils ont eu une relation amoureuse.

— Quand ça ?

Elle m'explique sans détour :

— Nous étions en dernière année de lycée, un peu avant le concours d'entrée. Akira était fou de ta sœur. Ils se sont fréquentés pendant quelques mois, puis elle l'a laissé tomber, brusquement. Point final. Akira a été bouleversé. Heureusement, c'était après qu'il eut été admis à l'université.

Je n'en crois pas mes oreilles. C'est donc pour Kyôko qu'Akira a rompu avec moi ? Mais comment cette relation a-t-elle commencé ? Je me rappelle aussitôt le party de Noël où je lui ai présenté Akira. J'interroge S. :

— Qui t'a raconté cette histoire ?

— Mon mari. D'après lui, Akira a été déprimé pendant assez longtemps malgré son succès à l'examen. Pauvre garçon ! Il n'a pas eu de chance avec son mariage non plus. C'est un homme brillant, beau et aimable. On dit qu'il est un excellent avocat. J'espère qu'il rencontrera un jour la femme idéale pour lui.

Au-dessus de nous volent des mouettes en criant bruyamment. Je n'ai plus envie de me promener. Je prends congé de mon amie et regagne ma voiture au stationnement.

« Comment cela ? » me répété-je sans cesse.

Akira était-il déjà amoureux de Kyôko quand il m'a invitée à sortir ? M'a-t-il abordée afin d'avoir l'occasion de la rencontrer ? Ou bien ma sœur l'a séduit lors de sa soirée de Noël ? Embrouillée, je revois le visage de S. me demandant sans malice : « Elle ne t'avait pas parlé de lui ? »

Je réfléchis. Au party, Kyôko avait présenté à ses invités son petit ami étudiant. J'étais confuse, car, peu avant, elle m'avait raconté sa relation avec un homme d'affaires marié, père d'une de ses élèves. Sans connaître ces faits, Akira n'arrêtait pas de la porter aux nues.

Comment Akira rencontrait-il ma sœur ? Notre lycée était à Yonago. Durant ses études universitaires, Kyôko vivait seule dans un appartement à Matsue. Il ne faut en train qu'une demi-heure entre ces deux villes. Akira la fréquentait-il chez elle ?

J'ai eu plusieurs déceptions amoureuses. Ce sont des souvenirs amers. Néanmoins, j'essayais de me convaincre que ce n'était la faute de personne et qu'au contraire j'avais de la chance d'avoir connu l'amour. Et j'étais même arrivée à apprécier l'honnêteté d'Akira. Mais, ce que ma sœur a fait dans mon dos, ce n'était qu'un jeu, comme avec tous les hommes qu'elle a séduits. Je sens la colère monter en moi.

Je me dis : « Kyôko aime-t-elle vraiment Yûji ? »

La nuit tombe. Revenue de mon atelier, je prends une douche.

Vers sept heures, Tôru et Yûji arrivent alors que je prépare notre dîner. Ils ont très faim. En coupant du bœuf en tranches fines, je leur annonce le menu : salade, riz, soupe de miso aux champignons, sukiyaki, gâteau aux fruits. Ils sont ravis.

Nous sommes à table. Dans la marmite en fonte posée devant nous cuisent les ingrédients en grésillant. La vapeur monte. Les deux me parlent de leur promenade aux ruines du château de Yonago. Yûji félicite Tôru pour ses connaissances historiques. Mon fils nous dit qu'il a récemment appris en classe l'histoire de ce château. En dégustant le sukiyaki, nous bavardons agréablement.

Tôru me demande :

— Maman, qu'est-ce que tu as fait aujourd'hui ?

— Moi ?

Yûji me regarde. Je leur raconte ma journée. Je suis allée chez mes parents les aider dans leurs derniers préparatifs de déménagement. Après, je me suis promenée sur la plage de Yumigahama, pour ensuite travailler un peu dans mon atelier.

— Il faisait beau, dit mon fils. Y avait-il beaucoup de monde sur la plage ?

— Oui, surtout des familles. J'ai croisé S. avec ses enfants.

J'explique à Yûji que S. est une amie à moi depuis le lycée et qu'elle a été institutrice de primaire. Quand j'ajoute qu'elle attend un troisième enfant, Tôru s'écrie :

— Troisième ?! Quelle chance ! Moi, je rêve toujours d'avoir une petite sœur.

— Désolée, mon chéri. Cela ne t'arrivera sans doute pas.

Yûji m'interrompt :

— As-tu fabriqué des vases pour ta prochaine exposition ?

— Non, pas aujourd'hui. J'étais occupée à mettre les pièces séchées dans des boîtes. Demain, je dois les emporter au *kama* à la campagne.

Mon fils s'exclame :

— Ah, le *kamataki* commence !

Yûji lui demande :

— Tu vas y aller avec ta mère ?

— Mais non, j'ai école ! Je dormirai chez mon père.

J'ajoute :

— Mes parents viendront avec moi. J'ai besoin de leur aide.

— À quelle heure partirez-vous ? me dit Yûji.

— Probablement vers une heure de l'après-midi. Pourquoi ?

— J'aimerais bien voir ton *kama.* Puis-je me joindre à vous ?

C'est exactement ce que je souhaitais. Enchantée, je lui réponds :

— Ce sera avec plaisir !

Il sourit. Tôru l'interroge :

— Demain, tu ne vas pas à la succursale de T. ?

— Si, mais ce sera tôt le matin et je retourne à Tokyo tard dans l'après-midi.

Le dîner est terminé. Les deux jouent au *shôgi.* Mon fils rit beaucoup. Je vois qu'il adore son futur oncle. En écoutant leur conversation vivante, je me surprends à rêver que cet homme vive avec nous.

Au bout de quelques minutes, Yûji reçoit un appel sur son portable. Il murmure : « Ah, c'est Kyôko… » Il lui raconte sa sortie avec Tôru et ce qu'il va faire demain. Les paroles de S. me passent par la tête : « Elle ne t'avait pas parlé de lui ? » Je voudrais arracher son portable et crier à ma sœur : « Je te déteste ! » En éteignant l'appareil, Yûji me lance :

— Kyôko te présente ses remerciements.

À dix heures, Yûji et mon fils vont se coucher chacun dans sa chambre. Je n'ai pas sommeil. J'apporte au lit une revue de poterie et tente de lire un article, mais ne peux pas me concentrer. Enfin, je sors du lit et vais dans la cuisine. Je réchauffe du lait.

En buvant, je jette un œil vers les *suzuran* dans le bocal en verre posé sur le rebord de la fenêtre. J'admire ces petites fleurs blanches en forme de clochette. Bien que son apparence soit fragile, cette plante est d'une fécondité extraordinaire. D'après Yûji, elle est toxique et même fatale. Sans connaître ce fait, j'ai nommé mon dernier vase Suzuran, que je présenterai comme le cœur de ma prochaine exposition.

L'autre jour, j'étais impressionnée par le geste de Tôru : accueillir sa tante à l'aéroport avec un bouquet de fleurs. Mais mon fils m'a avoué que c'était l'idée de sa grand-mère, qui lui a expliqué : « Le *suzuran* est la fleur du 1er mai, l'anniversaire de Kyôko. » Maman lui a aussi appris des mots étrangers : « lily of the valley », « muguet », « amourette ». Je ne connaissais pas ces mots. En tout cas, le dernier m'a plu avec sa sonorité légère, rythmique et même agréable à l'oreille.

Je finis mon lait. En lavant le verre, je murmure : « Amourette, amourette, amourette… » À ce moment, je me rappelle le dictionnaire français-japonais que j'ai acheté dans une librairie d'occasion, simplement par curiosité. Je ne m'en suis pas encore servie. Je reviens dans ma chambre.

Le dictionnaire se trouve sur l'étagère la plus haute de ma bibliothèque. Sa tranche est légèrement empoussiérée. Je cherche le mot « amourette ». Je me sens vexée dès que je lis ses significations : 浮気 (*uwaki* = aventure) et 不倫 (*furin* = adultère). Pour celui au pluriel, on dit : 動物の睾丸 (*dôbutsu no kôgan* = testicules de l'animal). Je me dis : « Ces mots sont parfaits pour Kyôko ! »

Mécontente de cette découverte, je retourne dans mon lit.

Suzuran. Je regrette d'avoir nommé ainsi mon vase précieux. Si j'avais connu ces sens, j'aurais choisi autre chose. Malheureusement, j'ai déjà gravé ce nom sur le dessous de l'œuvre. Je marmonne : « Amourette, aventure, adultère, poison, fatal. »

J'éteins la lampe de chevet.

Yûji est dans la chambre d'à côté. Je n'entends aucun bruit. Il dort déjà ou il lit ? Les yeux fermés, je revois son sourire et son regard doux. Sa voix, son odeur, sa forte constitution...

Je bâille. Enfin, je commence à m'assoupir.

Clic. Un petit bruit se fait entendre. La porte s'ouvre doucement. Mon fils ? J'ouvre les yeux. Dans la pénombre se tient debout Yûji.

— Ah, ça sent bon !

Yûji entre dans la cuisine où je prépare notre petit-déjeuner.

— Bonjour, Anzu. As-tu bien dormi ?

Je lui réponds, la tête baissée :

— Oui. Et toi ?

Il est de bonne humeur :

— J'ai dormi à poings fermés. Du coup, je suis en pleine forme. Quel beau temps aujourd'hui ! J'ai hâte de voir ton *kama*.

Mon fils entre et les deux se saluent. Comme hier soir, leur conversation s'anime tout de suite. Après notre repas, Yûji file à la succursale de T. et Tôru à son école. Je fais la vaisselle, passe l'aspirateur, lave le linge.

Mes parents et Yûji me rejoindront à une heure de l'après-midi puis nous partirons ensemble à la campagne. D'abord, nous passerons à l'atelier de ma boutique ramasser les boîtes de pièces prêtes pour la cuisson. Jusqu'à leur arrivée, j'ai un peu de temps. Je m'installe à la table de la cuisine et esquisse un nouveau vase.

Vers dix heures et demie, je me repose en prenant une tasse de café.

J'observe le bouquet de *suzuran* sur le rebord de la fenêtre. Les fleurs blanches sont encore vivantes. Je revois Kyôko me racontant son aventure avec un homme d'affaires marié. Je murmure : « Amourette… »

Je sors sur le balcon avec mon café. Des rayons de soleil percent à travers les nuages blancs. Les coudes sur la rambarde, je contemple le paysage. Au loin, on voit le bâtiment de la succursale de T., où j'ai été employée autrefois. C'est là que Yûji se trouve maintenant.

Tout à l'heure, avant de partir, Yûji m'a demandé : « Es-tu sûre de vouloir m'emmener à la campagne ? » Il s'est sans doute aperçu de ma réserve. Je lui ai répondu : « Certainement. Tu m'aideras avec mon père à porter les boîtes lourdes. » Rassuré, il m'a souri : « À une heure ! »

À vrai dire, j'étais embarrassée par mon rêve de ce matin : je couchais avec Yûji et en plus j'avais un orgasme très fort ! J'étais vraiment perturbée au réveil en pensant : « Voulais-je me venger de ma sœur ? »

Je me remémore ce rêve gênant.

Yûji se tient dans la pénombre, nu. Je lui fais signe d'entrer, comme si je l'attendais. Il s'approche lentement de mon lit. Je soulève ma couverture. Il chuchote :

— Anzu, es-tu sûre ?

— Oui, j'ai envie de toi.

— Mais je suis le fiancé de ta sœur.

— Kyôko ne t'aime pas. C'est moi qui t'aime.

— Vraiment ?

— Oui, depuis la première fois que je t'ai rencontré.

Il est ému. J'ajoute :

— Ma sœur a volé mon amoureux quand j'étais lycéenne.

Son visage s'assombrit. Il me demande :

— C'est pour cela que tu couches avec moi ?

— Oh, non ! Sa trahison n'a rien à voir avec toi. Je te le répète, je t'aime !

Dans ma vie, j'ai fait l'amour avec trois hommes, incluant mon ex-mari. Je n'ai jamais eu d'orgasme, et chaque fois je me sentais laissée pour compte. Ils ne pensaient qu'à leur satisfaction et je n'osais en discuter avec aucun d'eux. Finalement, je n'avais plus envie de faire l'amour. Et voilà que, dans mon rêve, je découvre enfin le plaisir... avec le fiancé de ma sœur.

Je suis peut-être trop naïve en ce qui concerne le sexe, comme Kyôko me le dit. Si je lui racontais ce rêve sans mentionner avec qui j'ai couché, elle me féliciterait : « Alors tu comprends maintenant pourquoi j'aime faire l'amour ! »

Le téléphone sonne dans la cuisine. Je reviens à moi. Je quitte le balcon avec ma tasse à la main. C'est mon père.

— Allo, Anzu...

Sa voix est hésitante.

— Qu'est-ce qu'il y a, papa ?

— Ta mère ne se sent pas bien.

— C'est grave ?

— Non, mais mieux vaut qu'elle demeure à la maison. Je dois rester avec elle. Désolé, mais Yûji t'accompagnera, n'est-ce pas ?

— Oui...

— Bon, à ma place, il t'aidera à transporter les boîtes de pièces. Dis-lui de notre part que nous avons hâte de le revoir et que nous lui souhaitons bonne chance avec Kyôko.

Avant de raccrocher, mon père m'assure que lui et maman me rejoindront au *kamataki* dès qu'elle ira mieux.

Je vais dans la cuisine. En nettoyant ma tasse, je regarde de nouveau le bouquet de *suzuran*. Je murmure : « Amourette... » Ce mot m'ennuie en m'évoquant ma sœur. Mon rêve de ce matin continue à me préoccuper. Je me questionne de nouveau : « Voulais-je me venger de Kyôko ? »

Yûji revient en taxi peu avant une heure de l'après-midi. Nous allons d'abord à ma boutique avec ma fourgonnette. Là, nous chargeons les boîtes de pièces séchées puis partons pour la campagne. En chemin, j'achète des boîtes de *dango* pour notre collation.

Il fait soleil. De bonne humeur, Yûji bavarde pendant le trajet. Mon rêve de ce matin me dérange sans cesse. Je tente de réagir comme si de rien n'était. Simplement, j'évite de parler de Kyôko.

Il décrit la succursale de T. qu'il vient de visiter. J'y ai travaillé pendant presque six ans. Je suppose qu'il ne reste plus beaucoup de personnes que j'ai connues. Le directeur que Yûji a rencontré était à l'époque le chef de l'équipe à laquelle j'appartenais. Je l'ai bien aimé. C'était un homme intelligent et sympathique.

— Ta rencontre s'est-elle bien passée ?

— Oui, c'était très agréable.

Puis il se tait. Je jette un œil sur son profil. Il a l'air pensif. Après un moment, il reprend :

— En fait, mon supérieur me propose de succéder au directeur actuel qui atteindra bientôt l'âge limite.

Je m'étonne. Kyôko n'a rien mentionné là-dessus à notre famille.

— Alors quelle est ta décision ?

— La succursale et la ville me plaisent. J'aimerais bien accepter la proposition.

Je lui demande involontairement :

— Qu'en pense Kyôko ?

— J'en discuterai demain avec elle.

— Ma sœur adore Tokyo.

— Je le sais. Malheureusement, je ne peux pas demeurer à Tokyo, à moins que je démissionne.

— Comment ça ?

— La compagnie T. déplacera bientôt son siège social à Nagoya.

— Ah bon ?

Je réfléchis. Je ne peux pas imaginer Kyôko habitant Nagoya ou notre petite ville. Je me rappelle sa réponse à ma question sur la date de leur mariage. « Ce n'est pas encore décidé. Nous ne sommes pas pressés. » Je dis à Yûji :

— Je connais des couples vivant une relation à distance, mariés ou non.

Il ne réagit pas, le regard tourné vers le paysage.

Nous arrivons à la campagne.

En descendant de la fourgonnette, Yûji est surpris par la quantité de bûches rangées contre le mur de la cabane. Je lui explique que la plupart ont été achetées et le reste préparé par ma famille et moi.

Puis je l'invite au four à bois que mon grand-père a construit il y a presque trente ans. C'est un *anagama*. Il l'examine attentivement.

— Ce *kama* semble très solide. Il servira longtemps.

Il sourit enfin.

Nous déchargeons les boîtes de pièces et les plaçons à côté du *kama.*

Yûji me demande :

— Y a-t-il quelque chose que je puisse faire ? J'ai beaucoup de temps avant de me rendre à l'aéroport.

Cela m'enchante. Je lui propose de fendre des bûches et il accepte volontiers. Je lui donne une vieille tenue de mon père et une serviette propre. Il se met tout de suite au travail dans l'arrière-cour.

Dans le *kama*, je dépose les pièces séchées avec soin, une à une. J'apporte aussi le vase que j'ai fabriqué dans la cabane, celui que j'ai baptisé Suzuran. J'examine le dessous sur lequel sont gravés ce nom et le mien : スズラン, 楡杏子. Je murmure : « Amourette, adultère, poison, fatal... » Encore une fois, ce choix me chagrine mais c'est trop tard. Je place l'œuvre au centre du *kama.*

Je termine mon travail. Il est presque trois heures et demie. J'appelle Yûji pour l'inviter à prendre du thé. À mon étonnement, il a fendu une énorme quantité de bûches. Je lui lance avec joie :

— Tu seras le bienvenu n'importe quand !

L'air satisfait, il essuie la sueur sur son front avec la serviette.

Nous entrons dans la cabane. Yûji observe mon atelier : matériel de poterie, table, chaises, étagères, cuisine. Je lui montre aussi les deux chambres à coucher que mes parents et moi utilisons pendant le *kamataki*.

Je pose des tasses de thé sur la table avec la boîte de *dango* que je viens d'acheter. Nous nous installons face à face. En mangeant, nous bavardons tranquillement. Les fenêtres et la porte d'entrée sont ouvertes. Une brise fraîche passe. On entend le gazouillis des mésanges. Je souhaite que le temps s'arrête.

Yûji me demande :

— C'est quand, ton anniversaire ?

— Le 31 octobre. Je suis née un jour de tremblement de terre. La magnitude était de plus de 6, selon mes parents.

— Mon Dieu... J'espère que ta mère n'a pas accouché à ce moment-là.

— Si, je suis sortie prématurément.

— Oh là là !

— Maman me raconte cette anecdote à chacun de mes anniversaires. Il était presque deux heures du matin. Lorsqu'une première secousse s'est produite, elle a soudain senti des contractions.

— Où était-elle ?

— Dans la maison. Imagine sa peur et son inquiétude. Elle avait déjà perdu deux bébés par fausse couche avant la naissance de Kyôko.

— La pauvre !

Je lui raconte un épisode lié à un autre séisme, quand j'étais employée de la succursale de T. Yûji m'écoute sérieusement.

Célibataire, je visitais seule des expositions de poterie dans une région du Kyûshû. J'avais acheté un magnifique vase en *yakijimé*, qui coûtait cher. Je suis descendue dans un hôtel. Le désastre a frappé tôt le matin. J'ai été réveillée par une première secousse horrible. Sur-le-champ, je me suis abritée sous la table sur laquelle étaient déposées mes affaires. À ce moment, la précieuse œuvre a volé et fait une chute avec fracas.

— Je craignais, dis-je, que ce ne soit vraiment la fin de ma vie.

— Que pensais-tu devant cette pièce cassée ?

— J'étais très attristée. C'était un objet créé avec tant de soin. Après ce voyage, pendant un certain temps, j'ai eu du mal à poursuivre la poterie et...

Je me tais. Calme, il attend mes paroles. Je reprends :

— Peu après cet événement, je me suis mariée avec le père de Tôru.

— Par *miaï* ?

— Non. Nous nous étions rencontrés au centre sportif de la ville. Je le connaissais depuis le début de cette année-là.

— Combien de temps a duré ton mariage ?

— Neuf ans.

— Ton divorce a-t-il été difficile ?

— Pas facile. Au début, j'hésitais en songeant à mon fils. Chose curieuse, c'est un autre tremblement de terre qui a joué un rôle considérable dans ma décision.

— Lequel ?

— Celui du Tôhoku, il y a trois ans.

— C'est quand même loin d'ici.

Son expression s'assombrit. Je me rappelle qu'il est originaire de cette région.

— Oui, c'est loin d'ici, répété-je. Mais, comme tout le monde, j'étais rivée devant l'écran de télévision qui présentait en boucle des scènes insupportables : les gens emportés par le gigantesque tsunami.

Yûji murmure :

— C'était vraiment terrible...

Il tourne la tête vers la fenêtre. Son regard est plein de chagrin. Nous nous taisons longtemps, comme si nous priions pour les victimes.

— Tokyo a aussi été fortement secouée, dis-je. Y étais-tu à ce moment-là ?

— Oui, je vivais là comme ta sœur. J'étais dans mon bureau au septième étage. J'avais vraiment peur qu'on meure tous. Heureusement, il n'y avait pas de tsunamis.

— Ce jour-là, le père de Tôru était également à Tokyo.

— Ah bon ?

J'ajoute :

— Sans doute avec sa maîtresse.

Yûji baisse les yeux. Je continue :

— On a appris que le service des trains était suspendu au centre-ville de Tokyo. Sur l'écran, je regardais tous ces gens qui cherchaient le moyen de rentrer à la maison. Je pensais : « Mon mari est-il parmi eux ? » Tout d'un coup, j'ai pris conscience que je n'avais plus de sentiments ni d'inquiétude pour cet homme. Au contraire, je souhaitais qu'il disparaisse ailleurs.

— C'est triste.

— Oui, c'est triste et cruel quand je songe à mon fils. Pourtant, je ne pouvais plus ignorer cette réalité. Je me suis dit : « Je ne dois pas gaspiller ma vie dans ce mariage pourri. » Quelques mois plus tard, j'ai quitté la maison avec mon fils. Je n'avais aucun attachement pour cette demeure où je n'étais pas heureuse.

— Tôru est un merveilleux garçon. Spontané et attentionné. Je vois que tu l'as bien élevé, avec une affection et un amour sans réserve. Je l'aime beaucoup.

— Merci. Il t'adore.

De nouveau, un silence s'installe entre nous. Mon rêve gênant de ce matin me repasse par la tête. Brusquement, Yûji me demande :

— Tu n'as pas un amoureux ?

— Non, car je suis mariée avec ma poterie.

Il rit. Je m'étonne de mes propres paroles. C'est ce que Kyôko me répète : « Anzu, je suis sûre qu'il existe quelqu'un de spécial pour toi. Hélas, tu es mariée avec ton art ! » Un instant, Yûji jette un œil vers la porte du réfrigérateur et aperçoit mon poème écrit sur un papier.

« Tu m'appelles sans voix
Comme une clochette sans battant
J'entends tout, Suzuran !
Je t'aime depuis toujours
Depuis avant ma naissance. »

— Qui l'a fait ?

— Moi. Je l'ai improvisé ici en tournant une pièce.

— Quand ça ?

— Très récemment, réponds-je, tout à fait par hasard. La poésie, ce n'est pas mon genre.

— Touchant... Ton poème me plaît.

J'hésite à le remercier, ayant un sentiment amer envers cette plante.

— Tu es comme le *suzuran*, dit-il.

Ébahie, j'ai failli lui répliquer : « Non, c'est Kyôko, l'amourette ! » Yûji me regarde tendrement sans remarquer mon mécontentement. Il ajoute :

— Ton apparence est discrète, comme ces petites fleurs blanches cachées sous les larges feuilles. En réalité, tu as des racines pleines de vitalité, qui survivraient n'importe où.

— Si je suis solide, c'est parce que j'ai survécu à un désastre à ma naissance.

— Naturellement ! sourit-il.

— Mais tu as dit l'autre jour que cette plante était toxique et même fatale. Suis-je aussi dangereuse et méchante ?

— Désolé, Anzu, je n'y pensais pas. Le poison est un enzyme nécessaire à sa croissance, mais parce qu'il nous est nuisible, on l'appelle poison. Ce dont je veux parler, c'est ta force et ta passion pour ton art. Cela te donne un charme particulier.

Mon cœur palpite à ces mots : « un charme particulier. » Je l'interroge :

— Et toi, tu aimes ton métier de chercheur en chimie ?

— Oui, beaucoup.

Il décrit le laboratoire où il travaille depuis plus de dix ans. Je vois qu'il s'entend bien avec ses collègues. Au moment où je vais lui poser une question, nous entendons une sonnerie de téléphone. C'est le portable de Yûji dans la poche de son pantalon. En le sortant, il murmure : « Ah... c'est Kyôko. »

Deux semaines se sont écoulées depuis la visite de ma sœur et Yûji.

Mon dernier *kamataki* s'est bien passé. Je prépare mon exposition qui aura lieu dans dix jours. Mon fils va bien, très occupé par ses activités sportives. Il n'a plus l'air dérangé par la faillite de son père. Cela me soulage. Mes parents habitent maintenant la résidence et leur maison est à louer.

Nous sommes dimanche matin. Il est neuf heures. Tôru vient de partir en autobus chez son père. Je suis censée aller le chercher ce soir.

Dans la cuisine, je dessine un vase. Je pense à Yûji et à la longue conversation que nous avons eue dans la cabane. Je remarque que les fleurs des *suzuran* sont toutes fanées. Je les jette dans la poubelle et garde les feuilles encore vivantes.

À onze heures, je m'habille pour sortir. C'est ce midi que se tient la réunion de notre promotion du lycée. Je dois me rendre au restaurant désigné, près de la plage de

Yumigahama. Mon amie, S., me propose d'apporter des annonces de mon exposition. Cette idée me tente, mais je décide finalement de ne pas mélanger mes affaires avec ces retrouvailles.

Quand j'arrive au restaurant, S. m'accueille à l'entrée :

— Ah, te voilà ! Tout le monde est déjà là.

— Combien de participants ?

— Nous en avons quarante. Akira Z. est aussi venu. Mon mari et moi sommes enchantés de votre présence.

S. estime qu'Akira et moi sommes faits l'un pour l'autre. C'est curieux, car c'est elle qui m'a appris l'autre jour sa relation avec ma sœur. Cela lui semble sans importance. Je plaisante :

— J'ai hâte de voir tous les divorcés.

— Sans blague, cette réunion servira bientôt de *gôkon*, dont mon mari et moi serons exclus.

— Vous n'aurez qu'à divorcer, vous aussi.

S. rit. Nous entrons dans une salle à tatamis où nos anciens camarades viennent de s'installer. C'est une pièce spacieuse où sont placées quatre tables basses et longues. J'aperçois aussitôt des visages familiers.

S. m'indique ma place. Il y a un homme attirant assis en diagonale de moi. Je me dis : « Akira ! » Il est vêtu d'une chemise à col italien lie-de-vin. Une tenue raffinée. Il bavarde avec sa voisine. Un instant, nos regards se croisent. Nous échangeons un salut des yeux.

Le couple organisateur parle de nos camarades présents et de leurs activités professionnelles. Il y a deux enseignants d'université et de lycée, une infirmière, une libraire, un avocat, un consultant fiscal, un architecte, deux artistes, etc. S. mentionne son projet d'ouvrir une maternelle. « Ayez des enfants ! Il faut arrêter le dépeuplement du Japon. Mon école se chargera de leur bonne éducation ! » Des rires fusent avec des applaudissements.

À la fin, l'organisatrice annonce la date de ma prochaine exposition de poterie. Elle explique fièrement que mes œuvres sont très appréciées dans le monde de l'ikebana et que j'ai déjà gagné plusieurs prix prestigieux. Tout le monde me regarde et quelques-uns me crient : « Félicitations, Anzu ! » Nous dégustons des mets japonais puis nous délectons des prestations comiques données par des membres.

La réunion se termine vers trois heures et demie. Certains continuent à bavarder devant le restaurant. Je m'esquive discrètement en me dirigeant vers la ruelle d'à côté où est garée ma voiture. J'ai deux heures avant d'aller chercher mon fils chez son père. Je téléphone à mes parents, mais ils sont sortis avec leurs amis de la résidence.

— Attends, Anzu !

Je me tourne vers la voix. C'est Akira. Au restaurant, nous n'avons finalement échangé aucune parole. Il me demande :

— Es-tu pressée ?

— Pas vraiment…

— Peux-tu m'accorder quelques minutes ?

Je réfléchis un instant et propose d'aller à la plage de Yumigahama. Nous nous rejoindrons d'abord au stationnement public en face du café K. Il est d'accord et nous nous séparons.

En conduisant ma voiture, je suis surprise par mon initiative presque spontanée. Cela ne m'était jamais arrivé à l'époque, alors que j'étais très timide devant lui. Je pense : « Que veut-il me dire après tant d'années ? » À ce moment-là, je me rends compte que quelque chose a changé en moi. Le visage de Yûji me traverse l'esprit.

Akira et moi marchons sur la plage, comme autrefois. Au loin se détache clairement le mont Daisen. La mer du Japon est très calme aujourd'hui. Une brise agréable souffle.

Akira me dit d'un ton sincère :

— Anzu, je te félicite pour ton succès.

— Merci. C'est grâce à toi.

L'air désorienté, il répète :

— Grâce à moi ?

— Oui. Au lycée, lors de la fête de la culture japonaise, tu avais fait l'éloge de mon vase ikebana.

— Quel éloge ?

— Tu ne t'en souviens pas ? Je t'ai entendu dire à tes amis : « Ce vase connaît bien son rôle. Ses couleurs sobres rehausseront n'importe quelle fleur. Sa forme est simple mais solide, originale et très élégante. » J'étais très émue.

Il murmure :

— Ah, ça...

J'ajoute :

— Après cette fête, alors que nous nous promenions ici, tu m'as dit que j'avais de la chance d'être passionnée par une activité créative.

Il se tait, l'air pensif. Je reprends :

— Une fois, j'ai eu une période difficile, ne sachant pas quoi faire de ma vie. En me rappelant tes paroles, je me suis résolue à me consacrer à la poterie.

— Quand ça ?

— Quand mon ex-mari a commencé à me tromper.

Akira bégaie :

— Tu... tu devais être fâchée contre moi.

— Fâchée contre toi ? Non. Tu m'as avoué que tu aimais quelqu'un d'autre. Je n'avais qu'à l'accepter.

Il insiste :

— Quand même...

Il semble chercher ses mots.

— Akira, je sais que ma sœur t'avait séduit, puis laissé tomber tout d'un coup.

Ahuri, il s'écrie :

— Ta sœur t'a avoué notre relation ?!

— Non. C'est toi qui l'as fait à ton ami, le mari de S.

Il se tait, l'air embarrassé. J'explique que S. m'a récemment appris cette histoire, sans connaître notre relation d'alors. Il marmonne :

— J'étais bête...

— Oui, tu étais bête de raconter une telle chose à une connaissance commune.

— Anzu, je n'avais que dix-huit ans. Étant très sportif, j'avais un désir sexuel fort. Affriolé par une fille aussi belle et aguichante, j'ai perdu la tête. J'étais fou d'elle. Et soudain elle a refusé de me voir sans aucune explication. J'ai été déprimé pendant des mois, malgré mon admission à l'université d'O.

Je ne réagis pas. Une mouette passe au-dessus de nous. Akira la suit des yeux. Je lui parle dans ma tête : « Tu n'es pas la seule victime de Kyôko. Pour elle, séduire est un jeu. » Un instant me revient à l'esprit le sourire heureux de ma sœur amoureuse de Yûji. Akira se tourne vers moi :

— Tu es devenue une femme solide et charmante.

— C'est gentil.

Il ramasse un caillou et le lance. Le caillou danse sur l'eau avec élégance et disparaît après une dizaine de sauts. Il reprend :

— Après l'affaire avec ta sœur, je suis sorti avec plusieurs filles et enfin avec mon ex-femme. J'ai compris qu'elles étaient seulement attirées par mon apparence. Mes relations avec elles étaient superficielles. Mais, toi, tu étais différente.

Je réfute :

— Non, moi aussi j'étais captivée par ta beauté et ton intelligence. J'étais très flattée quand tu m'as invitée à sortir, comme si c'était un rêve. C'était probablement cela que tu ressentais envers ma sœur, lorsqu'elle t'a ensorcelé.

Il me regarde en silence. Je consulte ma montre. Il est presque cinq heures.

— Il faut que j'aille chercher mon fils, dis-je.

Nous revenons sur nos pas.

Je contemple le paysage. La mer bleue, le ciel avec quelques nuages blancs, la longue plage où des gens flânent tranquillement. Akira me pose des questions sur ma sœur : où elle vit, ce qu'elle fait, si elle est mariée. Je lui réponds. Il s'étonne : « Fiancée avec un chimiste ? »

Nous arrivons au stationnement public.

— Anzu, dit-il, j'ai quelque chose à t'avouer.

— Qu'est-ce que c'est ?

— L'éloge de ton vase que tu as entendu n'était pas de moi.

— Pardon ?

Confuse, je fixe son visage. Il m'explique :

— C'était du prof de beaux-arts. Je l'ai seulement répété pour impressionner mes amis.

Je reste bouche bée. Il ajoute :

— Le prof te louait aussi : « J'espère que mademoiselle Niré continuera la céramique. Elle deviendra une artiste importante. C'est une élève exceptionnelle. » Et te voilà maintenant.

Je détourne les yeux. Mon premier amour me tend sa carte de visite et me dit :

— Je souhaite te revoir un jour.

J'appelle mon ex-mari sur son portable et il me demande de venir chercher Tôru au parc H., situé tout près de son appartement. Il n'a plus de voiture depuis sa faillite.

Le temps est nuageux maintenant. Je conduis le long de la mer. Le vent frais effleure ma peau. Je songe à la réunion de cet après-midi. Bien que l'ambiance fût amicale, je me sentais déplacée et pensais ne plus y participer. Au moins, il avait été bon pour moi de revoir Akira Z. et de m'assurer qu'après tout il n'était pas mon genre, même comme ami.

Lorsque j'arrive au parc H., mon fils est en train de jouer avec son cousin. En haut d'un toboggan, les enfants me saluent en agitant la main et je leur réponds de même. R. est assis seul sur un vieux banc, dans un coin du terrain. L'air distrait, il fume.

Quand je m'approche de lui, il me demande :

— Peux-tu m'accorder quelques minutes ? J'aimerais te parler un peu.

Il m'invite à m'asseoir à côté de lui. Après Akira, c'est maintenant mon ex-mari qui voudrait me dire quelque chose. Lors du *golden-week*, il m'avait contactée pour parler de sa faillite, mais j'étais trop occupée pour l'écouter. Je m'assieds sur le banc en gardant un espace entre nous.

— C'est à propos de notre fils, dit-il.

— Oui.

— Je dois cesser de payer sa pension alimentaire.

— Je comprends, réponds-je. Tu pourras l'interrompre pour le moment et payer plus tard les arriérés.

Il se tait. Je continue :

— Je suis désolée pour ta situation, mais j'espère que tu verras Tôru régulièrement, surtout lors de mon *kamataki*.

— J'essayerai...

Il pousse un soupir. Puis il me dit :

— Tôru aime beaucoup le fiancé de ta sœur, le chimiste.

— Oui, ils s'entendent bien.

R. semble vouloir connaître des détails sur Yûji, mais je ne dis rien. Il reprend d'un ton sarcastique :

— C'est incroyable. Kyôko préférait les hommes d'affaires riches, pas les salariés tranquilles.

Je ne veux pas converser avec lui ni sur ma sœur ni sur Yûji. En me levant, je crie à mon fils : « Nous rentrons ! » Tôru me supplie : « Quinze minutes encore ! » Je lui réponds : « Dix minutes ! » Je me rassois au bout du banc.

R. marmonne :

— Ta sœur est une sorcière…

— Quoi ?

— J'ai été bête de me laisser embobiner par elle.

Je suis interloquée :

— De quoi tu parles ?

— J'aurais dû t'écouter et ne pas abandonner mon emploi à la mairie.

— Quel rapport y a-t-il entre ta faillite et Kyôko ?

La cigarette à la main, R. me raconte.

Lorsqu'il a hérité d'une somme considérable, Kyôko l'a poussé à se lancer en affaires : « Tu es intelligent. Tu es capable. C'est ridicule de passer ta vie dans un bureau. » Puis elle lui a présenté un homme qui cherchait un investisseur pour une imprimerie en vente. Elle a insisté : « Tu n'as qu'à en financer la moitié et confier à ton associé la gestion. Tu deviendras le vice-président. »

Je me sens bizarre. Je l'interroge :

— As-tu discuté de tout ça avec ma sœur ? Comment a-t-elle trouvé cet investisseur ici en habitant Tokyo ? Comment as-tu communiqué avec elle ?

Son visage devient rouge. Il bégaie :

— Je... je croyais que tu étais au courant...

— Au courant de quoi ?

— De notre relation.

— Quoi ?

Un instant après, le sang me monte à la tête. Je me fige : « Sa maîtresse était ma sœur ?! » Je le transperce du regard. Subitement, il prend une attitude effrontée :

— Qui pourrait résister à la séduction d'une telle sorcière ?

Il fume. Sa main tremble. Je repense au moment où j'ai présenté R. à Kyôko. Ma sœur n'a manifesté aucun intérêt pour mon fiancé. Elle a même ironisé : « Un type si médiocre. Tu acceptes le premier venu ? » Elle a dû se rapprocher de lui quand R. a reçu l'héritage de son père. Je le questionne :

— Après notre divorce, tu as racheté les actions de ton associé. Était-ce aussi l'idée de ma sœur ?

— Euh, oui. Elle connaissait probablement l'état de l'imprimerie. Après mon achat, elle n'a plus voulu me revoir. J'ai été bête. À cause d'elle, j'ai tout perdu.

Je réagis sèchement :

— Ta faillite n'est pas la faute de ma sœur.

— Comment ça ?

— Tu n'as pas le sens de la prévoyance ni de la gestion, à la différence de ton associé.

Tu négligeais tes fonctions et voyageais trop pour rien. J'espère que tu trouveras un jour un emploi adapté à tes capacités.

R. baisse la tête. Tôru joue au jungle gym avec son cousin. Je le rappelle. Il me crie : « Maman, encore cinq minutes, s'il te plaît ! » Je hurle : « Non, descends maintenant ! »

La nuit tombe.

Après que mon fils s'est couché, je prends un bain. Je suis énervée. C'était une journée inhabituelle qui n'avait rien à voir avec mes activités artistiques. Je me sens lourde et complètement épuisée. Je passe un long moment dans l'*ofuro*.

Je murmure : « Kyôko... Tu as donc séduit mon premier amour et mon ex-mari. »

Je me remémore le jour où je lui ai parlé du billet d'Akira m'invitant à sortir. Elle a été très surprise. Il s'agissait d'un garçon beau, brillant, athlétique, populaire auprès des filles. Sans doute pensait-elle : « Toi, une fille si banale, comment as-tu réussi à l'attirer ? » Sur-le-champ, elle m'a ordonné d'amener Akira à sa soirée de Noël.

Je me souviens du moment où j'ai présenté R. à ma famille. L'annonce de mes fiançailles était totalement inattendue pour Kyôko, qui croyait que je ne pourrais me marier que par *miaï*. De toute façon, R. étant un salarié ordinaire, elle ne s'intéressait même pas à bavarder avec lui. Et, lorsqu'il a reçu une grosse somme d'argent, elle a tout d'un coup changé d'attitude envers lui.

J'ai pitié de ces deux hommes, pris dans les rets de ma sœur et finalement rejetés. Akira a fait une dépression, et R. a perdu sa compagnie et doit maintenant recommencer sa vie à zéro. Ils ont été vraiment bêtes, comme ils me l'ont avoué. Je me demande si Kyôko croyait qu'ils garderaient à jamais secrète leur relation avec elle. Si oui, elle les a mal choisis.

Je murmure de nouveau : « Kyôko… »

Comment aurais-je pu imaginer que ma propre sœur joue ainsi dans mon dos ? Je revois son joli visage, son regard ensorcelant, son sourire coquet. Éprouvait-elle des remords lorsqu'elle s'approchait d'eux ? Quelles étaient ses motivations ? Y a-t-il quelque chose en moi qui suscite chez elle la jalousie, la colère, la vengeance ?

Puisque Kyôko était le premier bébé de maman après deux fausses couches, elle a été élevée avec énormément de soins et d'amour. Admirée, elle monopolisait l'attention de toute la famille. C'est ce que mes parents me répétaient. Sa beauté, son intelligence, son talent en langues, son dynamisme, sa popularité. Je n'ai rien de tout ça, seulement ma passion pour la poterie. C'est moi qui devrais être jalouse d'elle. Peut-être ne supportait-elle pas que j'aie plu à un beau garçon et que mon mari médiocre soit devenu riche.

Je réfléchis. Après tout, j'ai eu de la chance d'apprendre seulement plus tard ses aventures avec Akira et R. Sinon j'aurais été encore plus blessée et démoralisée. J'aurais invectivé ma sœur ou même rompu avec elle, oubliant que c'était moi qui avais choisi ce genre d'hommes.

À présent, Kyôko est amoureuse de Yûji, si différent de ses amants précédents. Elle désire même fonder une famille. Tant mieux pour elle, si elle peut finalement cesser ses jeux séducteurs.

Je sors enfin de la baignoire et enfile ma chemise de nuit. Il est déjà dix heures. En bâillant, je vais directement au lit.

Allongée, je songe à mon rêve gênant de l'autre jour, dans lequel je couchais avec Yûji. Je n'ai aucune intention de me venger de ma sœur, et surtout, je ne veux absolument pas souiller les sentiments purs que j'ai pour Yûji. Cependant, j'ai l'impression d'avoir déjà pris ma revanche sur Kyôko.

C'est aujourd'hui que se tient mon exposition de poterie ikebana.

Des gens arrivent dès l'ouverture à neuf heures du matin. Je porte un kimono gris léger avec un *obi* beige jaune. Mon assistante et moi accueillons les visiteurs en leur offrant du thé et de petites sucreries. Il y a des maîtres d'ikebana, leurs élèves, des amateurs de cet art floral. Ils examinent très attentivement mes œuvres.

Chaque vase porte un nom de plante en *katakana*, gravé sur le dessous. バラ (rose), ザクロ (grenade), ツツジ (azalée), ツバキ (camélia), ヤマブキ (corète du Japon), ホオズキ (physalis), スミレ (violette), スイセン (narcisse), サクラ (cerisier)... et スズラン (muguet). Ce dernier, le cœur de l'exposition, n'est pas à vendre. J'y ai apposé une carte indiquant « réservé ».

Mes parents, mon frère, sa femme et quelques proches passent gentiment. Je reçois aussi la visite d'anciens camarades du lycée que j'ai rencontrés à la réunion.

Je rêve de la présence de Yûji. Il a seulement vu les pièces avant leur cuisson. Il m'a dit : « C'est merveilleux de créer des couleurs naturelles en brûlant du bois. J'aimerais bien voir la transformation de ces objets. »

Je me demande s'il a déjà accepté l'offre de son entreprise de devenir directeur de la succursale dans notre ville. Sinon, il ira à Nagoya où le siège social devra emménager. Je suis toujours sceptique concernant ma sœur, fortement attachée à Tokyo. Ce sera compliqué pour eux d'avoir un arrangement convenable. Simplement, je souhaite qu'elle demeure loin, dans la capitale.

— Anzu !

Quelqu'un touche mon épaule. Je reviens à moi. C'est mon amie, S. Elle me taquine :

— Tu es sourde ou tu rêves ? Je t'ai appelée trois fois.

Je la remercie de sa visite. Elle me dit :

— C'est la première fois que je te vois en kimono. Cela te va très bien, surtout avec ces couleurs gris et beige jaune.

— Merci.

Mon amie ajoute, en me jetant un sourire coquin :

— Cette apparence est sobre, mais tu as quelque chose de très attirant. C'est parce que tu as une passion brûlante pour ton art. Je remarque que les hommes t'admirent. Je t'envie.

Ces commentaires me gênent. Elle chuchote :

— En plus, j'ai l'impression que tu es amoureuse.

Je rougis. Elle s'amuse :

— Ah, je devine juste ! J'aimerais bien savoir qui est l'heureux homme. Est-ce Akira Z. ?

— Oh non !

Nous sommes comme des adolescentes. Bien qu'elle m'ait appris la relation d'Akira avec ma sœur, elle espère que je sortirai avec ce bel avocat. Je ne lui parle pas de notre promenade faite l'autre jour sur la plage. Je la déçois en déclarant qu'il n'y a aucune possibilité d'amour entre Akira et moi.

En observant alentour, S. me demande :

— Ta sœur n'est pas là avec son fiancé ?

— Mais non, ils sont à Tokyo.

Elle me pose des questions sur eux. Je lui donne des réponses évasives.

À midi, plus de la moitié des œuvres sont déjà réservées. Les acheteurs pourront prendre leurs acquisitions dès mardi, sinon ils les recevront par livraison. Très contente, mon assistante me montre le cahier que les visiteurs signent. Je vois que certains sont venus de villes lointaines.

Au bout d'une demi-heure, la salle devient tranquille. Je laisse mon assistante déjeuner.

Après, j'invite mes parents à aller dans un restaurant voisin. En sortant de ma boutique, je rêve encore de la présence de Yûji.

Je m'installe en face de mes parents. Comme je ne peux pas m'absenter trop longtemps, je commande un menu simple et rapide : soupe de miso aux algues, riz, tofu et salade. Eux, le saumon grillé. En attendant que nous soyons servis, je leur offre une paire de tasses à thé que j'ai faites spécialement pour eux. Sur les côtés sont dessinées des feuilles d'orme avec notre patronyme, Niré.

Nous commençons à manger. Alors que mon père et moi bavardons, ma mère reste silencieuse, manifestement sans appétit. Elle a l'air distraite. Je pense à son état de démence légère.

— Maman, qu'est-ce que tu as ?

Mon père tourne la tête vers elle, qui nous annonce soudain :

— Le mariage de Kyôko sera probablement annulé.

« Quoi ? » J'ai failli laisser tomber mon bol de riz. Papa l'interroge :

— Quand as-tu appris cela ?

— Tout à l'heure. Elle pleurait.

Ma sœur pleurait ? Je n'ai jamais entendu cela. C'est donc Yûji qui veut renoncer au mariage ? Maman nous explique.

À l'exposition, elle comptait acheter un vase pour ma sœur qui arrange des fleurs pour le bureau de son patron. Elle voulait celui nommé Suzuran, car l'anniversaire de Kyôko est le premier mai. Mais cette œuvre étant déjà « réservée » elle en cherchait une autre. Quand elle a vu une pièce intitulée バラ (rose), elle a trouvé que ce serait parfait pour l'image de ma sœur. C'est à ce moment-là que Kyôko l'a appelée sur son portable, comme si elle avait senti la pensée de sa mère.

Maman raconte logiquement cette histoire. Cela m'impressionne, bien que la situation soit tragique pour ma sœur. Elle continue :

— Naturellement, j'imaginais que Kyôko voulait savoir si l'exposition allait bien. J'avais hâte de lui faire part du succès d'Anzu. Mais non, elle m'a annoncé sans préambule : « Ce sera peut-être fini entre nous. »

Mécontent, mon père lui dit :

— Pourquoi nous en informe-t-elle à un tel moment ? Ce n'est pas une adolescente. Il faut avoir plus de discernement.

Il a raison, mais je m'abstiens de commentaire. Ma sœur est sans doute jalouse de moi qui suis maintenant le centre d'attention du public et de notre famille. Ma mère proteste :

— Mais pour Kyôko c'était urgent !

— Je ne comprends pas, dit-il. Les deux avaient l'air heureux lors de leur visite pendant le *golden-week*.

— Selon Kyôko, on a proposé à Yûji de devenir directeur de la succursale à Yonago.

— Dans notre ville ? Je serais enchanté s'ils habitaient près de nous. Et quelle est la décision de Yûji ? Il demeure à Tokyo ou vient ici ?

Ma mère lui répond :

— Il n'a pas encore décidé. De toute façon, il doit quitter la capitale, car le siège social va déménager à Nagoya.

— C'est vrai ?

— Oui. Lors du dernier *golden-week*, Yûji a visité la succursale et a été séduit tout de suite. Mais pour Kyôko il est hors de question de vivre à Yonago.

— Alors pourquoi pas Nagoya ? dit papa. C'est une grande ville commerciale. De Tokyo, il ne faut que deux heures en *shinkansen*.

— Nagoya, ce n'est pas son genre.

— Il vaut mieux qu'elle suive Yûji...

Maman insiste :

— Kyôko aime beaucoup cette entreprise américaine qui lui permet de pratiquer son anglais et de voyager à l'étranger.

— Un couple ne peut pas se séparer chaque fois que le mari est muté à un endroit qui ne plaît pas à sa femme.

— Tu as raison, mon chéri. Pour le moment Kyôko pourrait rester à Tokyo, et quand elle tombera enceinte, elle pourrait rejoindre Yûji, à Nagoya ou ici.

— Elle a déjà trente-sept ans. Compte-t-elle vraiment avoir un enfant ?

— Pourquoi pas ? Quand Nobuki est né, j'avais quarante ans.

— À son âge, le premier accouchement serait difficile.

— Mais non, c'est tout à fait possible.

Mes parents discutent sérieusement. Je dois retourner à l'exposition. Je me lève. Ma mère me demande :

— Anzu, étais-tu au courant de la mutation de Yûji ?

— Oui, vaguement.

— Qu'en penses-tu ?

— C'est leur affaire. Ils feront ce qu'ils voudront.

Étonnés par mon ton sec, mes parents me regardent.

Mon exposition est terminée.

Tout s'est bien passé. En après-midi aussi, il y a eu beaucoup de monde, et presque tous mes ouvrages ont été réservés. J'ai aussi reçu des commandes de maîtres d'ikebana. Ils me donnent la dimension de chaque vase et me laissent choisir la forme.

Je verrouille la porte et ferme tous les rideaux.

Épuisée, je m'assieds sur un banc placé contre un mur. J'appelle sur mon portable mon fils, qui doit dormir ce soir chez son père. Il s'amuse bien avec son cousin. Rassurée, j'éteins l'appareil. Puis je contemple longtemps mes vases ikebana qui partiront bientôt vers leurs nouveaux propriétaires.

Le téléphone fixe sur mon bureau sonne. Ça doit être ma mère.

— Allo.

Un instant de silence. Je répète :

— Allo ?

— Bonsoir, Anzu. C'est Yûji.

— Yûji !

— Je suis ici, à Yonago. Je viens de revisiter la succursale et dois retourner ce soir à Tokyo.

Sa voix est calme et posée. Je lui demande :

— Où es-tu ?

— Devant la succursale. Je sais que ton exposition est déjà finie, mais je souhaitais te saluer. S'est-elle bien passée ?

— Oui, presque toutes mes œuvres sont réservées. Elles sont encore ici. Aimerais-tu les voir ?

— Je ne te dérange pas ?

— Bien sûr que non !

— Tôru est là ?

— Non, il est chez son père. Je suis seule.

— Je prends un taxi tout de suite.

Je raccroche. Mon cœur bat. « Yûji vient me voir ! » Je vais dans la cuisine et réchauffe de l'eau pour le thé. Devant le miroir, je refais un brin de toilette et me coiffe. Mes mains tremblent.

Je me tiens debout devant la porte. Bientôt, je vois par un interstice des rideaux un taxi s'arrêter devant ma boutique. Yûji en sort avec un bouquet de fleurs. Je tente de reprendre ma respiration. Le taxi repart. J'ouvre la porte. Yûji s'approche avec un sourire un peu gêné.

J'allume la lumière du plafond. Il me tend le bouquet enveloppé dans du papier cellophane. Ce sont des roses jaunes très fraîches.

La couleur est en harmonie avec mon *obi.* Je le remercie.

— Anzu, tu es belle. Le kimono te va très bien.

— Merci.

Son odeur provoque en moi une nostalgie inexplicable, comme si je le connaissais depuis longtemps. Je désire toucher ses mains et son visage et être prise dans ses bras. Je me dis : « C'est l'homme que j'attendais ! »

— Je dois me rendre à l'aéroport dans une heure.

— Si vite !

Aussitôt, je l'invite à voir mes œuvres. Il circule autour des étagères sur lesquelles sont posées les pièces principales. Il s'exclame :

— Quelles beautés ! Ces formes totalement originales et ces couleurs naturelles créées seulement avec la cendre de bois.

— J'ai brûlé les bûches que tu avais fendues. Voilà le résultat.

— Ai-je contribué à ton art ? Quel honneur !

Je vais à la cuisine et mets les fleurs dans un vase que je place sur mon bureau. Ensuite, je reviens avec des tasses de thé et des sucreries sur un plateau. Yûji examine l'œuvre intitulée Suzuran, accompagnée de la carte indiquant le mot « réservé ». Je dépose le plateau sur la table basse et je le rejoins.

— Anzu, ce vase me plaît beaucoup.

— C'est aussi mon préféré.

— Il est digne de toi, simple, raffiné, élégant, comme ton kimono. En même temps, il émet une vitalité puissante, comme ton caractère.

Nous le considérons sans prononcer un mot. Au bout d'un moment, il murmure :

— Son acheteur a de la chance.

— Il n'est pas vendu.

— Non ?

— Je le garde pour moi, car...

Je m'arrête. Il attend en silence la suite de ma phrase. Je reprends :

— Car tu m'as dit que j'étais comme le *suzuran*.

Nos bras se frôlent légèrement. Je frissonne.

— Je n'épouse pas Kyôko, dit-il.

Je répète :

— Tu ne l'épouses pas ?

— Non. Étais-tu au courant ?

— Non. En fait, cet après-midi, ma mère m'a parlé de Kyôko et toi. J'ai compris que ta mutation retardait votre mariage.

— Ma mutation n'a rien à voir avec notre relation.

— Alors qu'est-ce qui s'est passé ?

— Je ne peux pas vivre avec elle, marié ou non. Je lui ai déjà avoué cela.

— Quand ça ?

— Après le *golden-week*. Dès notre retour à Tokyo.

Il se tait. Nous regardons le vase. Je me remémore notre longue conversation dans la cabane. Mon poème me traverse l'esprit : « Tu m'appelles sans voix, comme une clochette sans battant... »

Il tourne la tête vers moi :

— Ton apparition a tout changé. Je t'aime.

— Yûji...

Les larmes me montent aux yeux. Je touche sa main et il saisit la mienne. La chaleur de sa peau se propage dans mon corps. Nous sommes face à face.

— Anzu, j'ai eu une intuition très nette dès que je t'ai vue la première fois. Depuis, je ne pense qu'à toi.

— Moi aussi...

Je sens une larme couler sur ma joue. Yûji me prend doucement dans ses bras. Je ferme les yeux. Il caresse mes cheveux comme s'il me consolait. Enveloppée dans son odeur, je sens les battements de son cœur. Je lève le visage vers lui.

— As-tu parlé de moi à Kyôko ?

— Non. Ce serait cruel de lui dire maintenant que mon cœur est avec toi, sa propre sœur. Je dois attendre qu'elle se calme d'abord puis abandonne son espoir.

Je comprends ce qu'il ressent. Pour Kyôko, l'honnêteté ne vaut rien si ça dérange son orgueil. Elle serait encore plus paniquée, oubliant ce qu'elle m'a fait.

— Yûji, quand vas-tu emménager ici, à Yonago ?

— Dans trois mois, répond-il. La relation entre toi et moi est très délicate. Kyôko croirait que nous l'avons trompée dans son dos, et votre famille se fâcherait contre nous. Il faudra que nous restions discrets pour le moment.

Je ne réagis pas en songeant que Kyôko n'a absolument pas le droit de me critiquer. D'abord, mon amour pour Yûji n'est pas un jeu ni une « amourette ».

— Anzu, peut-on patienter jusqu'à ce que les choses se règlent ?

Je hoche la tête. Son visage est tout près. Il pose ses lèvres sur les miennes. Nos langues se touchent tendrement. Nos respirations deviennent courtes. Un instant après, nous échangeons un baiser passionné. Je me dis : « Ah, je t'aime ! »

Yûji chuchote :

— J'ai rêvé de toi.

— De moi ?

— Oui. Nous travaillions ensemble à la campagne. Tu mettais des pièces dans le *kama*, je fendais des bûches, notre enfant jouait dans le jardin avec Tôru...

— Notre enfant ?!

— Oui, une petite fille merveilleuse.

— Comment s'appelait-elle ?
— Suzuko.
— Suzuko ? Enfant de la clochette ?
— Oui. C'est joli, non ?
Nous sourions. Il me regarde dans les yeux :
— Je souhaite vraiment vivre avec toi dans cette ville. Si jamais je perds mon travail à la succursale, j'en chercherai un autre dans cette région.
— Si tu ne trouves rien de bon pour toi, tu seras mon assistant.
— Oui, je pourrai devenir spécialiste du fendage.
Je ris. Il consulte sa montre :
— Je dois partir dans dix minutes.
Je lui propose :
— Nous sommes samedi. Tu peux rester chez moi ce soir.
— J'aimerais bien, mais demain matin j'ai un rendez-vous important. L'un de mes collègues est tombé malade, et je dois le remplacer pour certaines tâches urgentes.
Déçue, je baisse la tête. Il me serre plus fort dans ses bras.
— Ah, dit-il, je souhaite dormir ainsi avec toi, toutes les nuits !
— J'ai déjà dormi avec toi.
— Pardon ?
J'ajoute, souriante :
— Dans mon rêve.

— Quand ça ?

— La nuit que tu as passée chez moi, sans Kyôko.

Je n'ose pas lui mentionner que j'ai eu un fort orgasme avec lui. Ignorant mon embarras, il plaisante :

— Étais-je un bon amant pour toi ?

— Oui, le meilleur du monde !

C'est l'heure. Yûji appelle un taxi et part pour l'aéroport.

Quand j'arrive à la maison, il est déjà neuf heures. Aussitôt, j'ôte mon kimono et prends un bain.

C'était une journée pleine d'émotions. Je n'arrête pas de revivre notre étreinte. Nous n'avions pas communiqué pendant un mois, mais nos âmes étaient ensemble.

En attendant son vol à l'aéroport, Yûji m'a téléphoné. Il m'a d'abord parlé de ses parents qui ne sont plus de ce monde. Ils ont disparu lors de la catastrophe au Tôhoku il y a trois ans, probablement emportés par le tsunami. Leurs corps n'ont pas été retrouvés. Je ne le savais pas. Je comprends maintenant pourquoi il m'écoutait si attentivement lorsque je relatais mes expériences de tremblement de terre.

Yûji connaît ma sœur depuis sept mois. Comme ils me l'ont déjà mentionné, ils se sont rencontrés lors d'un *gôkon*, auquel Yûji participait à la place de son ami médecin. À cette époque-là, il se remettait peu à peu de la perte de ses parents et considérait son avenir : fonder une famille. Et voilà que tout d'un coup est apparue une femme belle, intelligente, cultivée. Kyôko a abordé Yûji et l'a invité à sortir. Il était très flatté. Après un mois de fréquentation, elle souhaitait vivre avec lui pour savoir si cela marcherait ou non. Cette idée le tentait, mais il préférait prendre plus de temps pour la connaître.

C'était peu avant le *golden-week* dernier. Yûji avait été surpris par la proposition de sa compagnie : devenir directeur de la succursale à Yonago. Ma sœur n'était pas contente, lui assurant que lui autant qu'elle s'ennuieraient dans cette ville de province. Elle lui avait dit : « Visite Yonago une fois, tu seras déçu. » Finalement, ils étaient venus ensemble ici pendant le *golden-week*.

À leur retour à Tokyo, Kyôko insistait pour que Yûji refuse la proposition. C'était trop tard pour lui, tombé amoureux de moi. Il lui avait annoncé leur séparation. Paniquée, ma sœur lui criait : « Des avocats, des médecins, des hommes d'affaires riches. Tous rêvent de moi. Tu le regretteras si tu me quittes ! » Cela le stupéfiait. Elle voulait absolument continuer leur relation, même sans mariage. Il lui avait répondu non.

Je murmure : « Quelle ironie... »

Kyôko m'a volé mon premier amour puis mon mari. Sans savoir ces faits, j'avais perdu mes illusions sur les hommes et étais déterminée à me consacrer à la poterie. J'avais réussi à être heureuse en créant mon propre monde artistique. C'est elle qui a amené Yûji devant moi en le présentant comme l'homme de sa vie. Et son amoureux s'est épris de moi, comme moi de lui.

Nous sommes sœurs. Notre sang commun ne changera jamais, il est impossible de couper le lien. La seule chose que je puisse faire, c'est d'éviter de la voir, si elle ne peut pas accepter notre amour. Tant mieux si elle ne veut vivre qu'à Tokyo.

Je sors du bain. Le cœur comblé, je m'enroule dans ma couverture. Yûji doit être endormi maintenant. Ah, quel bonheur ! Bientôt, il s'installera dans ma ville et nous pourrons nous voir régulièrement, même s'il nous faudra demeurer discrets quelque temps. Je chuchote : « Bonne nuit, mon amour… »

Nous sommes dimanche. Je suis seule à la maison. Mon fils reviendra de chez son père ce soir vers six heures.

Après mon petit-déjeuner, je bois un café sur le balcon. Il fait un temps ensoleillé magnifique de début d'été. J'observe la ville, la mer du Japon, le mont Daisen. Il m'est difficile de croire ce qui s'est passé hier, juste après la fermeture de mon exposition. Je parle dans ma tête : « Bonjour, Yûji. As-tu bien dormi ? » Son odeur reste avec moi. Ce matin, il doit travailler dans son laboratoire en raison de la maladie d'un collègue.

Cet après-midi, je retournerai à ma boutique, d'abord pour emballer mes œuvres achetées, puis dessiner un vase commandé par un maître d'ikebana. J'ai hâte de pétrir de l'argile et de façonner une pièce.

Il est presque onze heures et demie. On sonne à la porte. En ouvrant, je m'étonne. Ce sont mes parents. Ils me saluent joyeusement :

— Bonjour, Anzu !

Ma mère a bonne mine, très différente de celle qu'elle affichait hier au restaurant. Elle me tend un gros sac en papier :

— Voici trois boîtes de sushis. Déjeunons ensemble !

Je suis enchantée. Ils ont apporté aussi un gâteau pour mon fils. Je les invite dans la cuisine. En préparant le thé, je leur demande :

— Y a-t-il quelque chose de spécial ?

Mon père me répond :

— Eh oui, nous avons une bonne nouvelle.

— Vraiment ?

— Nous en parlerons en mangeant.

Je leur sers des tasses de thé et apporte des assiettes. Puis je m'installe en face d'eux. Alors que je prends un *nigiri* à la crevette, ma mère me sourit :

— Kyôko est enceinte.

« Quoi ?! » La crevette tombe dans l'assiette. Je l'interroge :

— De qui ?

— De Yûji, bien sûr !

Je suis bouleversée. Ma sœur est enceinte de Yûji… Ce n'est pas vrai. Mon appétit disparaît. Ignorant mon trouble, maman continue comme si elle chantait :

— Anzu, j'ai appris cette nouvelle tôt ce matin. À ton exposition, quand ta sœur m'a téléphoné, elle avait mal à la tête. Je lui ai dit d'aller immédiatement à l'hôpital.

Et voilà ! Elle s'est retrouvée enceinte de cinq semaines.

« Cinq semaines ? » Je réfléchis un moment. Cela signifie que Kyôko a conçu peu avant le *golden-week*. Ma mère s'exclame :

— Quel soulagement ! Kyôko devient enfin maman, comme Anzu et notre bru.

Mon père renchérit :

— Elle se mariera avec Yûji très bientôt.

— C'est évident, mon chéri.

Mon corps tressaille. Ce n'est pas possible... Yûji n'aime plus ma sœur. Comment pourrait-il l'épouser ?

Ma mère regarde ma boîte de sushis presque intacte.

— Anzu, qu'est-ce qu'il y a ? Tu ne manges pas ?

— Si, c'est délicieux.

Elle se tourne vers mon père :

— Naturellement, Kyôko suivra Yûji ici, à Yonago. Ce sera la meilleure solution pour eux. De toute façon, avec un bébé, elle ne pourra plus faire de voyages d'affaires comme avant.

— Une famille doit vivre ensemble sous le même toit.

— Je me demande où ils vont habiter.

Mon père lui suggère :

— On n'a pas encore trouvé de locataire pour notre ancienne maison. Anzu ne la prendra pas jusqu'à ce que Tôru termine son primaire. Alors nous pourrions leur proposer d'y vivre au début.

— Bonne idée, mon chéri.

Ils bavardent joyeusement. Troublée, je reste silencieuse. À un moment donné, ma mère regarde vers la fenêtre et s'exclame :

— Tiens, les *suzuran* sont toujours vivants, sans fleurs !

La saison des pluies commence.

Plus de deux semaines se sont écoulées depuis que Kyôko a annoncé sa grossesse. Elle ne donne plus de ses nouvelles à mes parents. Inquiète, ma mère insiste pour que je la contacte. Je refuse en lui disant : « Elle n'est pas une adolescente. Laisse-la tranquille. »

Yûji ne m'a pas téléphoné ni écrit. J'aimerais bien communiquer avec lui, mais je m'abstiens. Il a assez d'ennuis comme ça, en plus d'être pris par ses préparatifs de déménagement. Il doit être plus angoissé que moi.

Mon fils se réjouit :

— Yûji va habiter notre ville ? Quand cela ?

— Peut-être cet automne, réponds-je.

— Où célèbreront-ils leur mariage ? À Yonago ou à Tokyo ?

— Qui t'a dit qu'ils allaient se marier ?

Tôru proteste :

— Maman, ma tante attend son bébé en janvier prochain. Il faut qu'ils le fassent le plus tôt possible !

Il répète ce que sa grand-mère raconte à tout le monde.

Maintenant, toute ma famille et les connaissances de mes parents savent que Kyôko est enceinte. Ils croient naturellement qu'elle épousera Yûji et qu'ils vivront ici ensemble. Mon amie, S., aussi est au courant par une ancienne voisine de mes parents. Elle me téléphone :

— Ta sœur va avoir un bébé ? Félicitations ! J'attendrai ta nièce ou ton neveu à ma future maternelle.

Mon ex-mari qui a appris la nouvelle par Tôru se moque de Kyôko :

— Mariage ? Bébé ? Que c'est drôle ! Est-elle vraiment capable de vivre ici ? J'en doute !

J'évite de voir les gens autour de moi. Quand mon fils est à l'école, je passe mon temps dans l'atelier de campagne. Grâce à mon assistante qui s'occupe très bien de la boutique, je peux me concentrer sur mon art. En pétrissant de l'argile puis en formant une pièce, je me tourmente moins avec cette situation compliquée.

Je travaille sans arrêt et façonne beaucoup de vases. Quand ces pièces sont séchées, c'est le temps du *kamataki.* Mes parents viennent m'aider. C'est le premier depuis ma dernière exposition.

Pendant quatre jours, je surveille le feu en brûlant des bûches. Il fait beau malgré la saison des pluies. Chaque nuit, je contemple la Voie lactée qui traverse le ciel sans nuage. Au point du jour, j'entends le chant des oiseaux qui s'animent. Après la cuisson, j'attends quelques jours, jusqu'à ce que les œuvres aient refroidi dans le *kama*. Je suis très émue lorsque je les sors finalement. Ce sont comme mes enfants. Chacune est précieuse avec ses couleurs naturelles. Il n'existe nulle part le même objet dans le monde.

Je pense à Yûji. Son odeur me revient. Je revois son regard qui m'enveloppe doucement. Mon petit poème se répète dans ma tête : « Tu m'appelles sans voix, comme une clochette sans battant... »

C'est le début de juillet.

Je n'ai aucune idée de ce qui se passe entre ma sœur et Yûji. Ma mère appelle enfin Kyôko, qui lui répond : « Tout va bien, maman. Ne t'inquiète pas pour moi. »

Il pleut presque tous les jours. Selon la météo, cette année la saison des pluies se terminera plus tard que d'habitude. Le soleil apparaît parfois. Tamisée par l'humidité, sa lumière n'est pas encore forte, mais la chaleur devient étouffante. En dépit de ce temps lourd, je regagne peu à peu mon calme et me mets à voir des gens comme avant. Je rencontre mes clients dans ma boutique et donne des cours de poterie au centre culturel.

Je pense à mon voyage en République tchèque, que je projette pour septembre. Il faut que je me renseigne maintenant sur les billets d'avion. Mes parents sont d'accord pour rester avec mon fils chez moi. Quant à mon ex-mari, il est toujours en mauvaise posture depuis la faillite de son imprimerie.

La troisième semaine de ce mois, les vacances d'été du primaire commencent. Tôru part dix jours pour un camp d'entraînement de son club de karaté. J'en profite pour travailler à l'atelier de campagne, sans devoir retourner en ville.

Je reviens en ville un jour avant mon fils.

Ma boîte à lettres est pleine. Il y a des prospectus, des *shochû-mimaï*, des magazines de poterie. Parmi eux, je remarque une enveloppe blanche de format régulier. Mon nom et mon adresse y sont inscrits à la main. C'est une écriture un peu familière, mais je ne trouve pas de qui elle peut être. Intriguée, je regarde le verso. L'expéditeur est Kyôko !

C'est la première fois qu'elle communique avec moi de cette façon. Qu'est-ce qu'elle m'écrit ? Je n'ose pas lire la lettre tout de suite.

J'entre dans l'appartement. Il est presque sept heures du soir. Je vais me préparer un repas simple. Je dépose mon courrier sur la table de la cuisine. J'ai soif. En remplissant un verre d'eau au robinet, je jette un œil vers la fenêtre. Les feuilles des *suzuran* dans le bocal sont mortes.

Je reprends la lettre de Kyôko et l'ouvre finalement. Il y a quatre pages. Le début est plutôt ordinaire.

« Chère Anzu,

Comment vas-tu ? Il fait très chaud à Tokyo.

D'après nos parents, ton exposition a été un succès. Je te félicite. Maman m'a dit que l'une de tes œuvres lui avait particulièrement plu et qu'elle avait voulu me l'acheter. Elle sait que j'arrange des fleurs pour le bureau de mon patron. Elle a été déçue : ce vase-là était déjà vendu. Mais cela n'a pas d'importance, car bientôt je démissionnerai… »

Kyôko quitte son travail ? Cela doit être pénible pour elle. Je suppose qu'elle voudra quand même demeurer à Tokyo. Je continue à lire.

« Je vais venir à Yonago et y accoucher. La date de mutation de Yûji est officieusement annoncée : le premier septembre. Nous arriverons ensemble une semaine à l'avance. Je le ferai savoir à nos parents un peu plus tard. Ils seront contents de cette nouvelle… »

Ma sœur va venir ici avec Yûji ? Je détourne les yeux de la lettre.

« D'abord, écrit-elle, il nous faut trouver un appartement. Yûji aimerait habiter un des logements pour employés de la succursale, mais je préfère l'ancienne maison de nos parents. Je comprends que tu y emménageras seulement quand ton fils aura terminé son primaire. Je veux en profiter. De toute façon, nous n'y resterons qu'une année au plus... »

Ils vont vivre ensemble ? Yûji a-t-il finalement accepté d'épouser ma sœur à cause du bébé ? C'est un homme honnête et responsable. S'il en a décidé ainsi, je dois le respecter. Mes yeux s'embuent. Après une longue pause, je tourne la page. Je me fige.

« Anzu, je suis très malade. Mes jours sont comptés. Je ne suis pas certaine de pouvoir survivre jusqu'à mon accouchement.

Je t'écris parce que j'aurai besoin de ton aide. Maman n'est pas fiable, devenant de plus en plus oublieuse. À part Yûji, tu es la seule personne à qui je parle de mon état grave. Après notre déménagement, je le dirai moi-même à nos parents.

Nous ne nous marierons pas.

Yûji n'est plus amoureux de moi. Il aurait pu me quitter il y a longtemps. Pourtant, il m'a dit : "Je ne peux pas ignorer cette situation parce que nous ne sommes plus fiancés. Tu es enceinte de moi et très malade. Je veux faire tout ce que je pourrai pour toi et notre enfant. Alors viens avec moi à Yonago, où tes parents t'attendent." Je ne veux pas de pitié, mais il insiste fort.

C'est le seul homme dont je sois tombée amoureuse. Je l'aime toujours. Hélas, son cœur n'est plus avec moi ! Je me demande pourquoi j'ai croisé un tel homme juste avant ma mort.

Nous emménagerons dans la maison le troisième week-end d'août. Il y a trop de meubles dans mon appartement. Je tente de m'en débarrasser, mais il en reste encore beaucoup à apporter avec moi. Il est ridicule que je m'attache même maintenant à des choses matérielles. Quand le camion arrivera à Yonago, tu viendras m'aider avec ton fils.

Je te fais ces confidences, que tu dois garder pour toi.

Kyôko »

Distraite, je fixe la lettre longtemps. J'imagine le visage de ma sœur. Elle me lance un faible sourire triste. Une larme coule sur ma joue.

Il fait tout noir dehors. Enfin, je me lève et m'approche de la fenêtre. Je prends le bocal en verre et jette les feuilles fanées des *suzuran* dans la poubelle. Puis je verse doucement l'eau dans le drain de l'évier. Je murmure : « Kyôko… »

II

Ma fille me suit en observant les herbes sauvages qui poussent chaque côté du sentier. Elle s'arrête et regarde un papillon blanc voltiger de fleur en fleur puis s'envoler vers le ciel. Elle chante le *Chôchô* : « Papillon, papillon, pose-toi sur une feuille de colza. Si tu te lasses de cette feuille, pose-toi sur un cerisier... »

Un vent tiède souffle. Je me tourne vers la mer du Japon. Le soleil couchant commence à disparaître à l'horizon. Les nuages éparpillés sont teintés d'écarlate. Il fera beau demain aussi. Au loin à droite se dresse le mont Daisen au sommet enneigé. Le paysage est toujours paisible comme si le temps ne passait jamais ici, alors que ma vie a totalement changé depuis quatre ans.

— Attends-moi !

Suzuko m'appelle en courant. Je tends la main qu'elle attrape.

— J'ai faim, maman.

Aujourd'hui, après son école maternelle, elle a eu un cours de natation au centre sportif de la ville. C'était en effet une longue journée pour elle.

— Nous dînons bientôt, ma chérie. Ce soir, ton père nous prépare un repas spécial.

— Je sais qu'on mangera du sukiyaki.

Je souris. Elle sort de la poche de sa veste un petit oiseau en origami.

— Je l'ai fait moi-même, dit-elle fièrement. Un cadeau pour papa !

— Il sera enchanté.

Elle fréquente la maternelle que mon amie, S., vient d'ouvrir et qu'elle dirige. Active et sociable, Suzuko semble bien s'y plaire. Elle est dans la même classe que le troisième enfant de S. L'école met l'accent sur les activités musicales.

— Maman, notre directrice m'a dit de chanter en solo à la prochaine présentation.

— En solo ? Tu n'as pas peur ?

— Non, pas du tout !

Mon amie me répète que Suzuko a une belle voix, des intervalles justes et un excellent sens du rythme. Chez nous, personne n'a l'oreille musicale. Je me demande de qui elle en a hérité. Peut-être de son oncle, Nobuki, qui joue de la guitare ?

Après quelques pas, Suzuko m'interroge :

— Quand commence ton prochain *kamataki* ?

— Demain soir. On va dormir ensemble trois nuits à la campagne.

— Tôru-*nîchan* aussi ?

— Oui, lui aussi. Il va fendre des bûches avec papa.

Elle sautille. Son sac à dos se balance en faisant du bruit. Au bas de la poche est inscrit son nom en *hiragana* : にれすずこ – Suzuko Niré.

— Maman...

— Oui, ma chérie.

— Quand on va voir mes grands-parents ?

— Dimanche prochain.

Mes parents habitent toujours la résidence. Depuis la mort de ma sœur, ma mère ne reconnaît plus ses petits-enfants mais aime beaucoup les voir, surtout ma fille.

Suzuko réfléchit et me demande :

— Ils sont ton papa et ta maman, n'est-ce pas ?

— Oui.

— Où sont les parents de papa ?

Je suis étonnée. C'est la première fois qu'elle pose des questions sur eux.

— Ils sont morts, réponds-je.

— Morts ? Quand ça ?

— Il y a longtemps. Je ne les connais pas non plus.

— Pourquoi sont-ils morts ?

— Parce qu'ils étaient âgés.

Ce n'est pas vrai. Ils ont été emportés par le tsunami lors du terrible tremblement de terre du Tôhoku il y a huit ans. Je n'ose pas raconter une telle tragédie à une enfant si petite. Elle me questionne :

— Quand on est âgé, tout le monde meurt ?

— Oui, tout le monde.

— Les papillons aussi ?

— Oui, comme tous les animaux.

Elle se tait un moment et chante de nouveau. « Papillon, papillon, pose-toi sur une feuille de colza… » Je la suis en songeant à sa vraie mère, Kyôko, décédée il y a quatre ans.

Kyôko a quitté ce monde cinq jours après son accouchement. La naissance de Suzuko fut miraculeuse.

Ma sœur avait une tumeur maligne au cerveau. Son état était déjà si grave qu'une intervention chirurgicale ne garantissait pas sa survie. Il restait d'autres traitements violents tels que la radiothérapie et la chimiothérapie, mais ces options n'étaient pas infaillibles non plus. Elle a tout refusé, étant déterminée à avoir son bébé. Elle savait que l'accouchement n'était pas assuré non plus.

Enceinte de cinq mois, Kyôko s'est installée à Yonago avec Yûji. Comme elle l'avait voulu, les deux ont emménagé dans l'ancienne maison de mes parents. Tout le monde autour d'eux croyait qu'ils se marieraient bientôt.

Un mois plus tard, ma sœur a enfin avoué à nos parents la dure réalité : elle ne vivrait pas longtemps et la naissance du bébé était incertaine. Ils ont été bouleversés, mais aussi très fâchés contre moi qui connaissais déjà sa maladie. Ils m'ont crié : « Anzu, pourquoi nous as-tu caché une chose si importante ! Il s'agit de la vie de ta sœur ! » Je leur ai répondu : « Kyôko m'a ordonné de me taire. Elle voulait vous en parler elle-même. » Ils étaient stupéfaits : « Quelles filles ! » Ma sœur leur a appris qu'elle et Yûji ne se marieraient pas.

Kyôko avait son temps assez rempli. À la maison, elle recevait régulièrement des visiteurs : sa famille, son médecin, ses amies de lycée et d'université. Quand il faisait beau, mes parents l'emmenaient à la plage de Yumigahama. Mais ma sœur préférait le centre-ville de Yonago ou celui de Matsue. Les trois fréquentaient beaucoup les cinémas, les théâtres, les musées, les librairies.

Une fois, Kyôko a demandé à Yûji de l'accompagner à Tottori-Sakyû, la dune qui se trouve à l'extrémité de notre préfecture. Ils y sont allés en voiture et ont passé un dimanche après-midi ensoleillé.

Yûji et moi étions toujours amoureux, mais nous évitions de nous rencontrer seuls. Lorsqu'il m'aidait à fendre des bûches, il venait toujours avec mes parents et Tôru. Nous restions discrets pour ne pas éveiller la curiosité de ma sœur et de ma famille. Nous ne communiquions même pas par téléphone.

Kyôko se battait courageusement contre son cancer. Ses maux de tête la tourmentaient sans cesse, mais sa grossesse se déroulait assez bien. Le médecin l'a envoyée à l'hôpital seulement un mois avant son accouchement.

En janvier, le bébé est né. Une belle fille très vive. Tout le monde était ému par ce miracle.

Nous sommes quatre à table. Yûji, Tôru, Suzuko et moi.

Ce soir, mon mari nous a préparé un sukiyaki comme l'a deviné notre fille. En le dégustant, nous bavardons. Les enfants racontent ce qu'ils ont fait à l'école. Suzuko annonce qu'elle va chanter en solo à la présentation de l'été. Tout le monde bat des mains.

Tôru est déjà en troisième année d'école secondaire. Il souhaite devenir chercheur en chimie comme Yûji. Sa passion est le karaté et il participe maintenant à des compétitions départementales. Mon ex-mari ne vit plus à Yonago. Depuis sa faillite, il change constamment d'emploi et d'adresse. Mon fils ne le voit guère.

La composition de notre famille est singulière. C'est assez compliqué pour la petite Suzuko, bien que celle-ci sache que son père est marié à la sœur de sa mère biologique. Celle qu'elle appelle « maman » est sa mère adoptive et sa tante. Tôru est son demi-frère et son cousin. Son père est père adoptif de

Tôru. Et tout le monde porte mon nom de famille, Niré.

Tôru demande à Yûji :

— Papa, que ferons-nous cette année pour le *golden-week* ?

— Je ne sais pas. Que veux-tu faire ?

— J'ai une idée.

Curieuse, j'interromps mon fils :

— Quelle idée ?

— Vous pourriez voyager ensemble. Si nos grands-parents peuvent venir chez nous, je prendrai soin de Suzuko avec eux. De toute façon, une compétition importante approche. J'aimerais bien m'entraîner pendant le *golden-week*.

Yûji et moi nous regardons. Tôru ajoute :

— Maman n'est pas allée en République tchèque parce que ma tante était tombée malade. Puis Suzuko est née. Tellement occupés, vous n'avez même pas fait de voyage de noces.

Nous nous exclamons :

— Quelle prévenance !

Je demande à ma fille :

— Veux-tu garder la maison avec Tôru-*nîchan* et vos grands-parents ?

— Oui !

Elle adore son frère et veut le suivre partout. Tôru chérit Suzuko comme la prunelle de ses yeux. Après cette discussion, elle annonce :

— Moi aussi, je veux faire du karaté.

Elle a l'air déterminée. Je songe à ma sœur qui n'aimait pas du tout les sports, ni en pratiquer, ni assister à des matchs. Yûji lui répond :

— Tu pourras commencer bientôt.

— Merci, papa. Je veux aller au même *dôjô* que mon frère.

Tôru lui dit :

— Mais non, ce n'est pas possible. Là-bas, il n'y a pas de classe pour les petits.

— Tant pis !

Puis elle me demande :

— Quand allons-nous visiter la tombe de ma mère Kyôko ? Je veux lui raconter mes nouvelles.

— Elle sera ravie de les apprendre, dis-je. D'abord, nous ferons un *kamataki*. Après, tu iras à la tombe avec moi. D'accord ?

Elle hoche la tête.

Nous habitons la maison rachetée de mes parents peu après notre mariage.

Ici, Kyôko a vécu quatre mois avec Yûji avant d'être envoyée à l'hôpital. Pendant ce temps, je la voyais toutes les semaines. C'était toujours mercredi vers midi, alors que Yûji était absent. Ma sœur pouvait être volubile quand ses maux de tête n'étaient pas trop intenses. Je l'écoutais sans l'interrompre.

Une fois, elle m'a décrit son travail dans l'entreprise d'import-export américaine, leurs clients, ses voyages d'affaires à l'étranger.

— Mes supérieurs avaient totalement confiance en moi. Tous nos clients étrangers étaient très contents de moi, car il n'y avait jamais de malentendu ni de confusion. J'étais sûre que personne ne pourrait me remplacer.

— Tu dois manquer à tout le monde là-bas.

— Je ne sais pas. Dès que j'ai donné ma démission, on a embauché une jeune femme belle et brillante. Elle est *half* et parle couramment trois autres langues en plus du japonais : l'anglais, le chinois et le russe. Cela m'a déprimée.

Je l'ai consolée :

— Tout ce que tu as fait demeurera en toi pour toujours.

Elle restait silencieuse. Et, soudain, elle a changé de sujet :

— Tu sais, Anzu, quand je me suis retrouvée enceinte, je ne connaissais pas encore ma maladie. Ma grossesse a troublé Yûji. C'était normal. Il venait de m'avouer que notre vie conjugale ne serait pas envisageable. Je croyais qu'il me demanderait d'avorter. Mais non, il m'a dit : « C'est toi qui décides. Si tu veux garder le bébé, je le légitimerai et coopèrerai en tout avec toi. »

— Et toi, tu n'étais pas contente de ta grossesse ?

— J'ai eu des sentiments mélangés. Devenir mère sans mariage, ce n'est pas mon genre. Néanmoins, je ne voulais pas d'avortement non plus. Donc j'ai proposé à Yûji de nous marier pour le bien de notre enfant. Mais sa réponse a toujours été négative.

Je me taisais, le regard tourné vers la fenêtre. Elle a poursuivi :

— Comprends-tu, Anzu ? J'ai connu beaucoup d'hommes, et chacun sans exception voulait m'épouser. Yûji est le seul qui m'a refusée, même avec un enfant à nous.

— Cependant, tu n'as pas renoncé à ton bébé.

— Non, finalement. Quand j'ai appris que je mourrais dans un an, je souhaitais au moins que l'enfant vive. Ce serait aussi une preuve de mon existence. Mais surtout, la promesse de Yûji m'encourageait.

— Quelle promesse ?

— Protéger l'enfant quoi qu'il arrive.

Kyôko avait un faible sourire aux lèvres. Sa voix frémissait. Je baissais la tête pour cacher mes larmes. Elle a repris :

— Quand même, je me demandais comment il pourrait élever le bébé. Il doit travailler. Ses parents sont déjà morts. Alors, l'autre jour, je lui ai posé cette question et ai compris qu'il avait « quelqu'un ». Il a une petite amie maintenant !

Je ne pouvais pas réagir. Ma sœur a continué :

— Yûji ne me confie pas de qui il s'agit, mais cette femme doit être jalouse de moi qui vis avec son amoureux. Va-t-elle vraiment accepter notre bébé ? J'en doute. Elle le quittera avant mon accouchement. Sinon, aime-t-elle Yûji à ce point ? Que penses-tu d'elle, Anzu ?

Je ne savais que dire. Elle a ajouté :

— Yûji se rend souvent au siège social, situé maintenant à Nagoya. Je crois que sa petite amie habite cette ville.

Puis elle a levé les yeux vers le plafond, comme pour ne pas laisser couler ses larmes.

C'était un mardi de la mi-janvier, au milieu de la période des grands froids. Kyôko était à l'hôpital depuis trois semaines.

Il neigeait. Je travaillais dans mon atelier de campagne. Vers deux heures de l'après-midi, ma sœur m'a appelée sur mon portable. Sans préambule, elle m'a ordonné :

— Anzu, viens me voir. C'est urgent !

Le terme de sa grossesse approchait. J'ai pensé : « Quelque chose de grave lui est-il arrivé ? »

— Kyôko, tu veux que j'aille chercher nos parents ?

— Non, je veux voir seulement toi. J'ai une chose très importante à te dire.

Je me suis précipitée en voiture à l'hôpital. Dès que je suis entrée dans sa chambre, elle m'a annoncé :

— Yûji m'a parlé de sa petite amie. Enfin !

J'étais ébranlée. Il lui avait avoué notre relation ? Ce n'était pas possible. Ma sœur avait l'air calme, ou plutôt heureuse. Je ne comprenais pas ce qu'elle avait en tête. Elle m'a demandé :

— Sais-tu qui c'est ?

Je me suis figée sans un mot. Elle a déclaré :

— Elle s'appelle Yuriko !

Je n'avais jamais entendu ce nom. J'ai bégayé :

— Yu... Yuriko ?

— Oui. Elle habite Nagoya, comme je le croyais. C'est une poète.

— Po... Poète ?

— Oui.

Ma sœur m'a lancé un sourire satisfait. Je me répétais : « Yuriko ? Poète ? Qui est-ce ? » Elle a poursuivi sur un ton triomphant :

— Mais ils ont rompu ! Donc cette femme ne deviendra pas la mère de notre bébé.

Un étonnement encore. Désorientée, je l'ai interrogée :

— Pourquoi ont-ils rompu ? Yûji ne l'aime plus ?

Kyôko m'a expliqué, de bonne humeur :

— Si, mais elle l'a quitté. Comme je m'y attendais, elle ne tolérait plus notre cohabitation et les soins que m'accordait Yûji.

— Quand as-tu appris leur séparation ?

— Il y a une semaine. J'insistais pour que Yûji me présente son amoureuse avant la naissance de notre bébé. Sinon, comment pourrais-je mourir en paix ? J'étais désespérée.

Et voilà, il m'a dévoilé enfin qui c'était et leur rupture. Puisqu'il n'a plus rien avec cette poète, je n'ai plus besoin de la rencontrer.

Il neigeait fort. Le rebord de la fenêtre était garni de jolies fleurs, disposées dans des vases que j'avais fabriqués. Selon mes parents, Yûji venait voir ma sœur tous les jours après son travail.

Kyôko m'a fixée dans les yeux :

— Depuis, je songe beaucoup à toi.

— À moi ?

— Oui. C'est pour cela que je t'ai dit de venir me voir maintenant.

Je me taisais. Elle m'a demandé :

— Que penses-tu de Yûji ?

— Pardon ?

Surprise, j'attendais ses paroles. Elle a continué calmement :

— C'est un homme intelligent, sage, patient, gentil, responsable… Selon papa, Yûji et ton fils s'entendent très bien.

— Oui, Tôru l'aime beaucoup.

Elle m'a répété :

— Et toi, Anzu. Que penses-tu de Yûji ?

— Où veux-tu en venir ?

— Tu l'épouses et élèves le bébé avec lui.

Malgré moi, je l'ai taquinée :

— Quoi, c'est un ordre ?

— Oui, en quelque sorte. Je crois que c'est la meilleure solution pour tout le monde. Yûji a besoin d'une femme, une mère pour notre enfant. Pour moi, tu es la candidate idéale dans l'intérêt du bébé. Toi aussi, tu as besoin d'un homme. Nos parents sont âgés. Bientôt, ils ne pourront plus t'aider aux *kamataki*.

Je ne savais que dire. Elle a repris :

— C'est ma conclusion après une semaine de réflexion.

— As-tu déjà parlé de tout cela à Yûji ?

— Certainement !

— Comment a-t-il réagi ?

— Il m'a dit : « J'aime bien ta sœur et son fils. J'espère qu'ils seront d'accord avec ton idée. »

— Ah bon...

Kyôko m'a interrogée :

— As-tu un amoureux ?

— Non.

— C'est parfait alors ! Tu es toujours trop timide auprès des hommes. Si tu en choisis un toi-même, ce sera catastrophique, comme dans le cas de ton ex-mari. Ton premier amour n'était pas bon du tout pour toi, non plus.

Ébahie, je fixais son visage. Kyôko ne savait toujours pas que j'étais au courant de ses aventures avec R. et Akira. Elle a insisté :

— Anzu, considère ton avenir avec Yûji. C'est une vraie chance pour toi, à moins que tu souhaites vivre sans homme.

Je n'ai pas répondu. Elle observait les fleurs sur le rebord de la fenêtre, derrière laquelle les flocons de neige voltigeaient dans le vent. L'air distrait, elle est demeurée immobile quelques instants. Puis elle a ajouté :

— Franchement, je ne comprends pas pourquoi Yûji a accepté de venir à Yonago, une ville mineure et si loin de la capitale. Pour moi, c'est un coin perdu.

Son accouchement ne s'annonçait pas facile. Elle avait des contractions très douloureuses. Le médecin lui a conseillé une césarienne, mais elle a refusé, comme elle l'avait fait pour tous les traitements chirurgicaux et chimiques. Et elle a accouché normalement.

Kyôko nous a présenté son bébé, à Yûji et moi :

— Voici votre fille.

Elle me l'a mise dans les bras. Enveloppée dans une couverture blanche, la nouveau-née dormait tranquillement. Un bébé très beau, en bonne santé. J'ai demandé à ma sœur :

— L'as-tu déjà nommée ?

— Oui, elle s'appelle Suzuko.

Suzuko ? J'ai regardé Yûji, qui m'a expliqué :

— C'est Kyôko qui a choisi ce nom. En *kanji*, il s'écrit 鈴子 – l'enfant de la clochette.

Plus tard, ce jour-là, ma sœur est tombée dans le coma.

Elle ne s'est plus réveillée. Cinq jours après son accouchement, elle a rendu son dernier souffle. Il était minuit passé. Personne n'était à côté d'elle. J'ai appris sa mort tôt le matin dans mon appartement, pendant que je préparais du lait pour Suzuko. Il neigeait.

Aujourd'hui, Yûji et moi partons en voyage. Nous allons en République tchèque, d'abord à Beroun visiter des marchés de poterie puis à Prague. Nous y séjournerons une semaine et reviendrons au Japon à la fin du *golden-week.*

Tôt le matin, mes parents arrivent chez nous. C'est leur ancienne demeure. Ils sont contents de dormir ici avec leurs petits-enfants. Mon fils les accueille en les remerciant, comme le responsable de notre famille. Suzuko nous salue : « Papa, maman, amusez-vous bien ! » Nous l'embrassons fort. Vers neuf heures, nous partons en taxi.

À l'aéroport de Yonago, nous prenons l'avion pour Osaka, d'où nous nous envolerons pour Prague avec une escale à Amsterdam. C'est notre premier voyage ensemble sans les enfants. Quand nous montons à bord du vol international, nous sommes émus comme des nouveaux mariés.

Le ciel est dégagé. Je suis installée côté hublot. En observant le paysage, je songe à notre vie très occupée depuis la naissance de Suzuko.

J'avais élevé « notre bébé » dans mon appartement pendant une année en diminuant mes activités artistiques. Quant à Yûji, il avait quitté l'ancienne maison de mes parents et habité le logement pour employés de la succursale. En semaine, il venait nous voir le soir, et les week-ends il gardait Suzuko lorsque je faisais de la poterie. Nous nous sommes mariés un peu après le premier anniversaire de la mort de ma sœur. Deux mois plus tard, Tôru a terminé son primaire et nous quatre avons emménagé dans notre maison actuelle.

À côté de moi, Yûji s'assoupit. Il est fatigué : hier il a été pris au bureau jusqu'à tard le soir. Il aime toujours autant la succursale de T., qu'il dirige.

Je lis nos passeports. Yûji a dû renouveler le sien à cause de son nouveau nom de famille. Il n'est plus monsieur Yamada. Au Japon, il est obligatoire pour les couples mariés de porter le même patronyme. Dans la plupart des cas, la femme prend le nom du mari, mais, pour nous, c'est le contraire.

Notre famille est particulière. À sa naissance, légitimée par son père, Suzuko a été tout de suite enregistrée dans le *koseki* de sa mère Kyôko. Et, quand Yûji m'a épousée, il a changé son patronyme pour le mien et j'ai adopté Suzuko. À cette occasion, il a adopté mon fils, qui portait déjà mon nom de famille depuis mon divorce. Ainsi, nous quatre avons le même *koseki*, avec naturellement le nom Niré.

Yûji se réveille, l'air confus.

— On est où ?

— Au-dessus de la Sibérie. On ne voit que la taïga.

Il regarde le paysage et s'exclame :

— Quel espace ! On est au milieu de nulle part.

Je souris en me rappelant les paroles de Kyôko à propos de notre ville natale : « Comment peut-on vivre dans un village comme ça ? Il n'y a rien ! » Elle n'aimait que les mégapoles comme Tokyo, New York, Londres, Paris. J'imagine sa grande déception lorsque Yûji a décidé de venir à Yonago.

Yûji touche doucement ma main. Je vois son profil.

— Tu sais, dit-il, deux semaines avant sa mort, Kyôko a fait un rêve très curieux.

— Ah oui ?

— Elle se promenait toute seule sur une dune. Elle nous a croisés : toi, Tôru et moi. Nous ne l'avons pas reconnue. Derrière nous, une petite fille marchait en chantant. Tôru parlait avec moi en m'appelant « Papa ». La petite fille a crié : « Maman, attends-moi ! »

Tu as ouvert les bras vers elle : « Dépêche-toi, Suzuko ! »

Je l'écoute en silence. Yûji poursuit :

— Après m'avoir raconté cette histoire, Kyôko m'a dit : « C'est étrange. Dans ce rêve, j'ai eu le sentiment que toi, notre enfant, ma sœur et Tôru aviez déjà été une famille dans une vie antérieure. » Puis elle m'a demandé de t'épouser.

Mes yeux s'embuent de larmes. Je murmure : « Kyôko... » Yûji serre ma main. Je pose ma tête sur son épaule.

On annonce que nous survolons les montagnes de l'Oural et que nous arriverons dans deux heures à l'aéroport d'Amsterdam-Schiphol. Nous essayons d'observer le paysage mais il y a trop de nuages. Nous nous reposons sans bavarder. Bientôt, nous commençons à somnoler.

Soudain, j'entends quelqu'un s'écrier :

— Ça doit être Helsinki !

Je tourne la tête vers le hublot. Il n'y a plus de nuages. On peut bien distinguer les bâtiments, les forêts, les rivières, le golfe de Finlande. Yûji se réveille et bâille.

Une question me revient à l'esprit.

— Mon chéri...

— Oui ?

— Quand Kyôko a voulu connaître « ta petite amie de Nagoya », tu lui as dit qu'elle s'appelait Yuriko et que c'était une poète, n'est-ce pas ?

Yûji est apparemment surpris :

— Mon Dieu, tu étais au courant !

— J'aimerais bien savoir pourquoi tu as choisi ce nom et ce métier.

Il réfléchit un moment et me répond :

— La première fois que je suis venu à Yonago avec Kyôko, Tôru nous a accueillis à l'aéroport avec un bouquet de *suzuran*. Tu t'en souviens ?

— C'était l'idée de ma mère. Pour elle, cette fleur est le symbole du 1er mai, l'anniversaire de ma sœur.

— Ah bon. En tout cas, dans la voiture, j'ai entendu ta mère expliquer à Tôru : « Le *suzuran* s'appelle en français "muguet", et en anglais "lily of the valley". » Or, « lily » signifie « yuri ».

— C'est comme ça que tu as pris ce nom, Yuriko !

— Oui, en pensant à toi, naturellement.

— Mais je ne suis pas poète.

— Si.

— Comment ça ?

— J'ai lu un poème de toi.

— De moi ? Quand ça ?

— Le jour où tu m'as montré ton *kama* à bois pour la première fois. Pendant que nous prenions du thé dans la cabane, je l'ai aperçu sur la porte du réfrigérateur.

Je reste bouche bée. Il se rappelle encore ce poème naïf que j'ai fait en pétrissant de l'argile. Il le récite exactement tel qu'il était :

« Tu m'appelles sans voix
Comme une clochette sans battant
J'entends tout, Suzuran !
Je t'aime depuis toujours
Depuis avant ma naissance. »

Glossaire

Anagama : type de four à bois pour la cuisson des céramiques.

Anzu : abricot.

Chôchô : papillon. C'est aussi le titre d'une chanson pour enfants écrite en 1881 par Akitari Nomura.

Dango : brochette de boulettes de farine de riz.

Dôjô : salle où on s'exerce à un art martial.

Gôkon : rencontre en groupe entre des femmes et des hommes célibataires dans l'espoir de former des couples.

Golden-week : série de jours fériés entre la fin avril et le début mai.

Half : métis.

Hanko ou *inshô* : sceau gravé d'un nom personnel ou public qu'on utilise pour valider des documents.

Hiragana : écriture syllabique japonaise.

Juku : institution privée qui offre des cours supplémentaires.

Kama : four.

Kamataki : processus de cuisson de la poterie dans un four à bois.

Kanji : idéogrammes chinois.

Katakana : écriture syllabique japonaise utilisée principalement pour les mots d'origine étrangère.

Kendô : art martial japonais qui se pratique avec un sabre de bambou.

Kokugo : langue nationale.

Koseki : état civil fixant le domicile légal de la famille dont tous les membres portent le même nom.

Miaï : rencontre arrangée en vue d'un mariage.

Nîchan ou *Onîchan* : frère aîné, grand frère.

Nigiri ou *nigirizushi* : petit morceau de riz vinaigré avec une tranche de poisson cru ou de fruit de mer.

Obi : ceinture de kimono.

Ofuro ou *furo* : baignoire japonaise. On se lave à l'extérieur avant de se plonger dans l'eau chaude.

Shinkansen : TGV japonais.

Shochû-mimaï : cartes de salutations estivales pendant la période la plus chaude, entre le début de juillet et celui d'août.

Shodô : calligraphie japonaise.

Shôgi : jeu d'échecs japonais.

Suzuran : muguet.

Tanka : poème de trente et une syllabes.

Yakijimé, *yakishimé* ou *shiméyaki* : style de poterie sans vernis avec cuisson à des températures entre 1100 et 1300 degrés.

OUVRAGE RÉALISÉ PAR
LUC JACQUES, TYPOGRAPHE
ACHEVÉ D'IMPRIMER
EN SEPTEMBRE 2019
SUR LES PRESSES
DE MARQUIS IMPRIMEUR
POUR LE COMPTE DE
LEMÉAC ÉDITEUR, MONTRÉAL

DÉPÔT LÉGAL
1re ÉDITION : 3e TRIMESTRE 2019
(ÉD. 01 / IMP. 01)